0

태어나 죽을 때까지 오로지 나만의 것이 있다.

이름.

이름은 팔자가 된다. 사람들은 이토록 중한 이름을 남이 지어 준 대로 가지고 산다.

그래서 나는 내가 이름을 지었다.

철불가사리.

몸이 잘려도 새로 살이 돋아나는 불가사리처럼 절대 죽지 않는다는 뜻이다. 주로 줄여서 철불가로 불린다.

천재냐고? 이미 백서른두 번째 들은 소리다.

이름 덕인지 사람들은 내가 천 년, 만 년 살았다고들 한다. 여기서 확실히 짚고 가겠다. 천 년을 살았다는 소문은 내가 냈지만 만 년을 살았다는 소문은 내가 낸 게 아니다. 나의 '까'와 '빠'가 부풀린 소문이다. '까'와 '빠'가 뭐냐고?

'까'는 나를 미친 듯이 까는 족속이요, '빠'는 나한테 빠져드는 부류다. 진정한 해적은 '까'와 '빠'를 모두 미치게 한다.

이 말을 들으면 그 녀석은 이렇게 말할 것이다.

"철불가는 '까'밖에 없잖아요!"

녀석도 참. '까'란 '빠'가 전직해서 되는 걸 모르다니.

나도 명이 다한 것 같다. 녀석의 재미없는 잔소리마저 그리워지려고 하는 것을 보니 말이다. 눈앞에 지옥문이 열려 마귀가 판을 치는 꼴을 보고 있으니 더욱이 살길이 요원해 보인다. 하지만 내가 녀석에게 늘 말하는 게 있으니, 살려고 발악하면 어떻게든 살아날 구멍이 생긴다는 것이다. 한 번 숨을 쉬려던 것이 두 번, 세 번, 서른 번이 되어 결국 살아남는 진리.

이것은 나 철불가가 얼마나 잘생겼고, 얼마나 악랄한지 찬양하는 노래이며…… 온갖 괴물이 총출동하여 신라를 피바다로 만든 잔혹 덕담이다.

녀석이라면 이 덕담의 제목을 이렇게 붙였으리라.

신라괴물해적전.

1

"이보게, 고이랑. 백팔괴담이라고 들어 봤나?"

고이랑은 무슨 뚱딴지같은 소리냐는 표정으로 고개를 돌렸다.

고이랑에게 말을 건 동료는 화랑 사이에서 뜬소문 옮기는 걸 좋아하는 자였다. 고이랑을 비롯한 화랑들은 관청의 마당에서 검술을 훈련하는 중이었다. 심신을 연마하는 귀한 시간에 검이 부딪는 소리가 아닌 시시껄렁한 소리가 들리다니 한숨이 절로 났다.

"괴담을 믿을 나이는 지나지 않았나?"

"이번엔 진짜 같다니까. 그 내용이 어찌나 흉흉한지 사람들이 밤에 거리를 못 다닐 정도라네."

동료는 입이 근질근질했는지 입술을 달싹거렸다.

빨리 듣고 흘려보내야겠군. 고이랑은 낮게 한숨을 쉬었다.

"알았으니 바람 그만 잡고 말해 보게."

"신라에 107개의 법을 어겨서 '백칠범법'이라 불리는 자가 있다네. 그런데 그자가……."

"잠깐. 농이 지나치네. 그게 말이 되나?"

고이랑은 괴담의 첫 줄부터 참을 수 없었다. 사람을 무시해도 정도가 있지 않나. 실소가 나왔다.

"어찌 단 한 명이 법을 107개나 어길 수 있다는 것인가? 그 정도로 비열한 자가 실존할 리가 있나? 괴담이라고 해도 너무 심한 거 아닌가."

고이랑은 매사 칼로 자른 듯 반듯하게 살아왔다. 정해진 시간에 일어나 서책을 읽고 검술을 익혔으며 나랏일을 하다가 정해진 시간에 취침하였다. 백 번 양보해서 죄 한두 가지쯤 지을 수 있다 쳐도, 고이랑이 생각할 수 있는 죄의 정도란 새치기나 떡 하나를 훔치는 정도였다. 그런데 한 사람이 107개나 되는 죄를 지었다는 것은 상상조차 할 수 없었다.

"세상 사람이 다 자네 같은 줄 아나? 백칠범법은 정말 있다니까! 하는 짓이 어찌나 악랄한지 구주제일마귀라는 별칭도 얻었다 하지 않나."

"사람으로 태어나 그토록 더러운 자가 있다면 내가 지옥까지 쫓아가 목을 베겠네."

두 사람의 목소리가 커지자 다른 화랑들도 하나둘 모여들었다. 다들 전장을 앞장서 내달리는 든든한 선봉장이지만 속은 떠도는 소문을 좋아하는 철부지 소년들에 불과했다.

"나도 들려주게. 구주제일마귀라니 무슨 소리인가?"

동료 하나가 물었다.

"신라 9주에서 제일 흉악한 범죄자라 하여 구주제일마귀라고 불린다네. 그자가 죄를 하나 더 어겨 백칠범법에서 백팔범법이 되는 순간엔, 신라에 지옥으로 통하는 마굴이 열린다지!"

"그래서 백팔괴담이로군!"

고이랑 입장에선 들을수록 점입가경이었다. 백칠범법도 말이 안 되는데 거기에 죄를 더 지어 백팔범법이 된다니. 그런 놈이 아직도 잡히지 않았다면 이미 나라 돌아가는 정국이 지옥일진대 무슨 지옥이 더 열린다는 것인가. 고이랑은 탄식을 뱉었다.

"아이들이 서동요처럼 따라 부르는 노래거나 화랑 선배들이 겁을 주려고 지어낸 괴담일 걸세. 그런 허무맹랑한 이야기나 들을 시간에 검술을 연마하는 게 낫겠네."

고이랑은 풀어진 분위기를 다시 조이고자 말했으나 화랑들은 허깨비 같은 이야기에 이미 푹 빠졌다.

"구주제일마귀는 어떻게 생겼는지 아나?"

화랑 하나가 물었다.

"마귀처럼 생기지 않았을까? 107개나 법을 어기는 불한당이면 얼굴에 죄가 가득할 테니."

"내가 그를 보면 당장 머리를 잘라 임금께 바치겠네."

"제일 먼저 내빼지나 말게."

화랑들은 실없이 백팔괴담에 대해 떠들었다.

화랑들 어깨 너머 관청으로 들어오는 김 대사가 보였다. 고이랑은 김 대사를 향해 깍듯하게 인사했다.

"대사, 오셨습니까."

부러 큰 소리로 말하자 그제야 화랑들이 눈치껏 제자리로 돌아가 훈련을 재개했다.

하지만 김 대사는 기분이 나쁜지 대답도 귀찮은지 화랑들은 신경도 쓰지 않고 지나쳐 갔다.

"박 한찬만 아니었어도 내 진작 서라벌을 먹었을 것인데!"

김 대사는 술잔을 입에 털어 넣었다. 마른오징어가 박 한찬이라도 되는 양 씹고 또 씹었다.

김 대사는 당장 사포를 떠나라는 교서를 받고 사포 옆에 붙어 있는 작은 시골 마을로 좌천되었다. 박 한찬의 모함으로 벌어진 일이었다. 해적과 손을 잡고 사포와 당포에 괴물들을 데려와 어지럽혔다는 죄목이었으니 기실 누명은 아니었으나 김 대사는 길길이 날뛰며 결백을 주장했다. 하지만 조정을 총괄하는 대각간은 박 한찬의 손을 들어 주었다.

"사포를 쥐고 흔들었던 내가 이런 촌구석으로 쫓겨날 줄이야."

김 대사는 비단옷을 내려다보며 과거의 영화를 떠올렸다.

"언제나 유행을 선도하던 내가 평생 개똥 냄새 나는 시골에서 썩을 수는 없다."

끝이 보이지 않는 대궐 같은 집과 보물이 가득했던 창고, 상다리가 부러지게 차려진 술상, 매일 같이 벌어지던 연회……. 이제 그런 호사는 누릴 수 없다. 그리 생각하니 김 대사의 자그마한 눈에 물기가 고였다.

그때였다.

"대사! 대사에게 전갈이 왔습니다."

부하 하나가 달려와 무릎을 꿇었다.

"설마 박 한찬, 이 자식이 또?"

김 대사가 눈을 시퍼렇게 뜨자 부하가 서둘러 말했다.

"아니옵니다! 주군왕께서 보낸 전갈이옵니다. 명주로 속히 오라는 명을 내리셨습니다."

"주군왕?"

주군왕이 어째서 나를 찾는단 말인가. 김 대사의 머리가 팽팽 돌아갔다. 주군왕이 서라벌에서 밀려났다고는 하나 왕족은 왕족. 주군왕에게 줄을 서면 서라벌 입성의 꿈을 뒤늦게라도 이룰 수 있을지 모른다.

생각이 거기까지 미치자 김 대사의 얼굴에 혈색이 돌았다.

"당장 명주로 갈 짐을 챙겨라. 보물을 싣고 출발한다."

명주성의 연무장에서 주군왕은 새로 만든 언월도를 시험해 보고 있었다. 금저를 쫓아갔다가 독화살을 맞고 쓰러졌을 때 전에 쓰

던 언월도를 잃어버린 것이다. 그 생각을 하니 다시 화가 치밀었다. 주군왕은 이 비장이 끌고 온 재차의를 향해 초승달 모양의 칼날을 휘둘렀다. 바람 소리가 나며 재차의의 팔다리가 바닥으로 떨어졌다.

"어서 이 칼로 싱싱한 육신을 베어 버리고 싶구나."

새 무기가 마음에 들었는지 주군왕이 고개를 끄덕였다.

"비장, 김 대사에게 전갈은 보냈는가."

주군왕은 살점이 들러붙은 언월도를 들고 이 비장에게 다가갔다. 이 비장은 잘려 나가고도 바닥을 기어다니는 시커먼 팔다리를 보고 욕지기가 올라왔다. 이 비장은 재차의의 손이 가까이 오자 발로 걷어차며 답했다.

"예. 곧 도착한다고 하옵니다."

"여기가 제 무덤인 줄도 모르고 헐레벌떡 달려오는구나."

주군왕은 사실 얼마 전 서라벌에 불려 갔다. 빌어먹을 어명은 간단했다. '금저가 일으킨 사태에 책임을 지고 물러나라.' 주군왕은 망할 금저의 난을 떠올리며 이를 갈았다.

바다선녀가 비겁하게 끼어들지만 않았어도 금저를 잡을 수 있었다. 덕분에 금저를 서라벌로 몰아서 왕위를 찬탈하려 했던 꿈도 물거품이 되었다. 대신 서라벌의 문책에 입도 벙긋 못 하고 있으니.

주군왕은 반드시 바다선녀와 그 일에 관련된 해적들을 찾아내 손수 숨을 끊어 주리라 맹세했다. 하지만 당장은 대각간의 추궁을 피해야 했다. 그래서 떠올린 것이 김 대사였다. 주군왕은 김 대사를 유인한 뒤 누명을 씌워 감옥에 가둘 작정이었다.

"김 대사가 명주성에 도착하는 즉시 잡아들여라."

김 대사는 그런 줄도 모르고 주군왕의 뜻대로 명주에 서둘러 도착했다. 주군왕에게 잘 보일 요량으로 고이 모셔 뒀던 보물도 담아 왔다. 명주성으로 향하는 길목에 이르자 이 비장이 모습을 드러냈다.

이 비장은 김 대사를 보자 반갑게 달려왔다.

"대사! 오랜만에 인사드리옵니다. 얼마나 고생을 하셨으면 풍채가 반 토막이 되셨습니다."

이 비장은 눈웃음을 지으며 김 대사에게 말했다.

'네놈의 얼굴은 여전히 넙데데하구나. 그 촌구석에서도 얼마나 뺏어 먹고 산 것이냐.'

"비장! 여기까지 나를 맞이하러 와 줬는가. 속히 명주성으로 가 주군왕을 뵈어야겠네. 아주 죽으란 법은 없는지 주군왕께서 내게 전갈을 보내셨지 뭔가. 내 주군왕에게 줄을 대 사포로 돌아가게 되면 비장 자네도 다시 내 밑으로 불러들이겠네."

김 대사가 들뜬 얼굴로 말했다.

이 비장은 막상 김 대사의 얼굴을 보니 마음이 약해졌다. 사포에서의 부패한 시절 동안 김 대사에게 미우나 고우나 정이라도 들었던 것일까. 주군왕에 비하면 김 대사는 '쟤보단 낫지' 하는 생각이 들었다. 이 비장은 주군왕의 꾐에 빠져 재차의가 되는 김 대사의 모습이 생생히 그려져 아찔해졌다.

"대사, 긴히 드릴 말씀이 있습니다."

이 비장은 주위를 둘러본 뒤 더욱 소리를 낮추었다.

"달아나십시오."

"그게 무슨 소리냐?"

김 대사가 깜짝 놀라 볼살을 파르르 떨며 물었다.

"주군왕은 지금 금저의 난에 책임을 지고 물러나라는 압박을 받고 있습니다. 그래서 대사를 그 사건의 주동자로 꾸미고자 부른 것입니다. 주군왕은 대사께서 사포에서 쫓겨난 것에 앙심을 품어 해적들과 손을 잡고 금저를 서라벌로 몰아가려 했다며 모함할 작정입니다. 명주성에 갔다가는 꼼짝없이 대역 죄인이 될 것입니다."

"이럴 수가. 믿을 놈 하나 없다더니. 이 비장, 자네가 날 살리는군. 나를 위해 이렇게 애써 주어 참으로 감동받았네."

김 대사가 이 비장의 손을 꼭 잡았다. 이 비장은 그간 김 대사에게 당했던 치욕과 배신에 대한 원한이 사르르 사라지는 듯했다. 이 비장은 금방 가슴이 따뜻해졌다.

"비장, 이걸 받게."

김 대사가 가마에 실린 보물 상자를 뒤적이더니 주먹만 한 금덩이를 꺼냈다.

"우리 집안에 대대로 내려오는 가보일세. 자네가 처자식을 서라벌로 유학 보내느라 기러기처럼 따로 산다는 게 늘 마음이 아팠네.

이 금이면 가족들 먹여 살리는 데 부족함이 없을 거네."

"대사! 감사합니다!"

이 비장은 눈물이 차오르는 것을 참고 금덩이를 소중히 받아 챙겼다.

"잠시만 기다리십시오. 믿을 만한 병사들을 데리고 오겠습니다. 그들이 대사를 샛길로 조용히 안내할 것입니다."

이 비장은 그리 말하고 자리를 떴다. 인적 없는 숲속에 이르러 주군왕의 눈을 피해야 한다는 생각에 긴장해서인지 잰걸음을 걷던 이 비장의 발이 돌부리에 걸리고 말았다. 그 바람에 김 대사에게 받은 금덩이가 떨어졌다. 그런데 금덩이가 뽀각 반으로 쪼개지는 것이 아닌가.

"금이…… 쪼개지기도 하는 거였나?"

이 비장은 두 동강이 난 금덩이를 주워 들었다. 단면을 살펴보니 금덩이가 아니라 금빛으로 칠한 찰흙 덩어리였다.

이 비장은 주먹을 불끈 쥐었다.

"이 인간이 끝까지 나를 속여? 그나마 김 대사 네놈이 더 낫다고 생각했는데, 네가 어떤 놈인지 잊고 있었구나."

얼마 후 이 비장이 김 대사 앞에 다시 나타났다.

"병사들은 어쩌고 혼자 왔나?"

김 대사가 불안한 듯 작은 눈알을 굴리며 물었다.

"주군왕이 눈치챌 듯하여 혼자 왔습니다. 병사들은 눈에 띄지 않는 곳에서 기다리게 하였으니 따라오십시오."

"알겠네. 앞장서게."

김 대사는 이 비장이 이끄는 대로 따라갔다.

이 비장은 숲속 깊이 김 대사와 병사들을 안내했다. 키 큰 나무가 하늘을 가려 어두운 길이었다.

"대사, 이 길로 곧장 가면 병사들이 대사를 맞이할 것입니다. 주군왕이 의심할 수 있으니 저는 이만 돌아가 보겠습니다."

"잘 가게. 그대의 공은 평생 잊지 않겠네."

이 비장은 김 대사에게 인사를 하고 돌아섰다. 명주성으로 돌아가는 척 걷다가 슬쩍 나무 뒤로 몸을 숨겼다. 조용히 나무를 타고 올라가자 김 대사 일행이 훤히 보였다.

'보물이 전부 가짜일 리는 없을 테지. 주군왕에게 바치려고 가져왔으니 적어도 절반은 진짜일 터.'

이 비장은 준비해 온 복면을 얼굴에 쓰고 병사들에게 활을 쏘았다. 화살 여러 개가 동시에 날아갔다. 이 비장의 주특기였다. 기습을 당한 병사들이 우수수 쓰러졌다. 분풀이로 김 대사의 초상을 겨누던 화살이 이제는 실제 김 대사를 향해 있었다.

"공격이다! 포위됐다!"

김 대사의 호위병이 소리쳤다.

이 비장은 목소리를 굵게 변조하여 외쳤다.

"주군왕에게 항복하라!"

호위병들을 교란하기 위해서였다. 그들은 정말로 주군왕의 병사들이 공격하는 줄 알고 겁에 질렸다.

가마에 타고 있던 김 대사도 놀라 떨어졌다. 보물 상자도 잊고 호위병들의 꽁무니를 쫓기 바빴다.

"이, 이놈들 내가 누군지 아느냐!"

이 비장은 김 대사의 호통에도 아랑곳없이 나무 위를 날듯이 옮겨 다니며 화살을 쏘았다. 백발백중이었다. 김 대사만 몰라줄 뿐 이 비장의 무예는 이미 신라에서 손꼽힐 정도였다. 김 대사를 향한 원한으로 갈고닦은 것이니 김 대사 덕분이라고도 할 수 있으리라.

병사들은 사방에서 날아오는 화살에 맞아 픽픽 쓰러졌다.

"어서 나를 지키거라! 네놈들의 본분을 잊은 게냐!"

김 대사의 비명 같은 명령에도 병사들은 귀신같은 공격에 겁을 집어먹고 뿔뿔이 흩어져 도망쳤다.

이 비장은 혼비백산한 틈을 타서 김 대사의 보물 상자를 훔쳤다. 작지만 묵직한 것이 보물이 상당한 듯했다.

'김 대사 네놈이 마지막까지 날 배신한 벌이다. 주군왕 밑에 있다간 내가 먼저 죽을 판이니. 이렇게 된 거 네놈의 보물로 가족들과 당으로 갈 것이다. 그곳에서 아이들에게 좋은 것만 먹이고 좋은 것만 배우게 할 테다.'

이 비장은 보물 상자를 어깨에 지고 멀리멀리 달아나 버렸다. 사라진 이 비장과 습격받아 보물을 잃어버린 김 대사. 주군왕이라면 두 사건의 관계를 깨닫기 어렵지 않을 것이다. 그 전에 최대한 멀리 달아나 가족들까지 숨겨야 한다.

병사 한 명 없이 숲에 홀로 남은 김 대사는 이 비장이 알려 준 길을 따라 달렸다. 이 비장이 배신한 줄도 모르고 길을 따라가면 자신을 기다리는 병사들이 있을 거라 믿었다. 김 대사는 엄마를 잃은 아이처럼 이 비장을 찾으며 달렸다.

"이 비장! 이 비장!"

실제로 그 길 끝에 김 대사를 기다리는 병사들이 있긴 했다. 하나 그들의 앞에 서 있는 자는 이 비장이 아닌 갓 벼린 언월도를 쥔 주군왕이었다.

2

"죽을죄를 지었사옵니다!"

김 대사가 머리를 조아리고 외쳤다. 주군왕이 엎드린 김 대사의 뒤통수에 발을 올렸다.

"내 앞에만 오면 이놈들이 하나같이 죽을죄를 지었다고 빈단 말이지. 웃기는 게 죽을죄를 지었으면 죽으면 되잖나. 그런데 왜 말이 길어지난 말이야."

"주, 죽을죄를……."

김 대사는 그 말만 되풀이했다. 주군왕은 듣기 싫다는 듯 발에 힘을 주어 김 대사의 머리를 밟았다. 이 비장이 배신이라도 했는지 갑자기 사라졌다는 소식을 들은 터라 주군왕은 어디에라도 화풀이를 하고 싶었다.

"네놈이 감히 나를 배신하고 달아나려 들어? 이 비장도 놓친 마당에 내가 너를 놓칠 성싶으냐? 내가 네놈의 머리통을 베지 않을 이유를 대 보거라."

"보, 보물을 드리겠습니다!"

"다 사라졌다면서 무슨 보물을 주겠단 게냐?"

"전 본디 아무도 믿지 않아 항상 최후의 보루를 남겨 두지요. 진짜 귀중한 보물은 아무에게도 맡기지 않고 제 몸에 지니고 있사옵니다."

"그래? 어디 한번 꺼내 보거라."

주군왕이 흥미를 느꼈는지 김 대사의 머리를 누르던 발을 거뒀다. 김 대사는 비단옷의 넓은 소매에서 무언가를 꺼냈다. 낡은 가죽을 댄, 장난감처럼 작은 북이었다.

"네놈이 정녕 죽고 싶은 것이냐?"

주군왕이 눈썹을 치켜들며 물었다.

"아닙니다! 이것은 '자명고'입니다!"

금방이라도 칼을 휘두를 듯한 목소리에 김 대사가 황급히 고개를 처박으며 말했다.

"자명고? 낙랑국의 공주가 썼다는 보물 말이냐?"

"예, 예! 신라가 고구려를 정복했을 때 궁전의 보물 창고에는 낙랑공주의 자명고가 있었습니다. 이것은 그 북의 가죽을 잘라서 가지고 다니기 쉽게 만든 것입니다. 주인이 위험에 처하면 스스로 둥둥 울려서 위험을 알린다고 합니다."

"그것이 진짜라면, 지금 네놈이 주인인 셈인데. 어째서 울리지 않는 것이냐?"

예리한 질문에 김 대사가 큰 몸을 움찔 떨었다.

"그, 그것은…… 아직 저를 주인으로 받아들이지 않아서입니다. 자명고는 진정한 보물이기에 주군왕처럼 멋진 분이 주인이어야 제 능력을 발휘합니다."

"겨우 이딴 것이 내 분노와 저울질이 될 줄 알았느냐? 여봐라, 이놈 머리를 잘라 재차의에게 밥으로 던져 주어라."

"보, 보물이 하나 더 있사옵니다!"

김 대사가 거의 비명을 지르듯이 외쳤다. 이번엔 다른 편 소매에서 둘둘 말린 꾸러미를 꺼냈다. 묶고 있던 줄을 풀자 눈부시게 새하얀 가죽이 모습을 드러냈다. 보석처럼 휘황찬란하며 오색구름 같은 빛깔을 뿜내고 있었다.

"이것은 최후의, 최후의 보루로 가져온 '백룡피'이옵니다. 백룡의 가죽으로 이것을 두르면 추울 때는 따뜻해지고 더울 때는 시원해지는 신비로운 능력이 있습니다. 제발 목숨만은 살려 주십시오, 전하."

"정성을 봐서 이 가죽은 받아 주마. 네놈을 어찌 할지는 추후에 생각해 보겠다."

주군왕은 김 대사를 감옥에 가두라 시킨 뒤 책사를 불러들였다. 주군왕이 책사에게 말했다.

"김 대사에게 들려 보낼 서신을 준비하라."

책사가 대답하기도 전에 주군왕이 말을 이었다.

"그런데 김 대사 저놈이 대각간에게 가서 내가 보물을 빼앗았다고 일러바치면 내게 불똥이 튈 것인데, 어찌 해야 하겠나?"

비싼 골동품을 즐기는 주군왕은 김 대사가 가져온 보물이 썩 마음에 들었다. 하지만 그로 인해 김 대사가 빠져나갈 빌미를 줄 수도 있는 일이었다.

"그렇다면 다른 보물과 물물교환을 하였다고 하면 어떨지요. 대단찮은 문서를 대단한 것으로 꾸며서 주고, 그 대가로 자명고와 백룡피를 받았다고 하면 김 대사가 진실을 고하려고 한들 대각간도 꼬투리를 잡기 어려울 것입니다."

주군왕이 책사를 보며 씨익 웃었다. 주군왕의 가려운 곳을 알맞게 긁어 주는 계책이었다. 주군왕은 병사들에게 명했다.

"김 대사를 명주문고로 끌고 가거라."

 서라벌에 왕실문고가 있다면 명주에는 명주문고가 있었다. 명주문고는 지하에 굴을 파서 만든 서고로, 명주에서 가장 오래된 서고라는 명성에 걸맞게 낡은 두루마리와 나뭇조각에 글자를 적은 목간이 산처럼 쌓여 있었다.

 김 대사는 명주문고를 두리번거렸다. 움직일 때마다 거미줄과 부연 먼지가 시야를 가렸다. 설마 여기서 아무도 모르게 죽이려는 것인가.

김 대사를 데려온 주군왕의 책사가 조용히 말했다.

"주군왕께서 대사의 목숨을 보존케 하는 대신 이곳에 있는 책과 대사의 보물, 자명고와 백룡피를 교환하라 하셨습니다."

"여기 한가득 쌓여 있는 목간 따위가 어찌 그 귀한 보물들과 등가가 된단 말인가."

"그 보물들과 비교하면 대사의 목숨값은 어떻습니까? 여기 있는 것들만이 아니라 대사의 목숨도 함께 생각해야 할 것입니다. 지금 이 거래를 받아들이지 않으시면 주군왕께서 이번엔 어떤 명을 내리실지 장담할 수 없습니다."

책사는 표정 하나 바꾸지 않고 섬뜩한 말을 했다.

기가 죽은 김 대사는 명주문고를 둘러보았다. 책보다 먼지가 더 많아 보이는 이곳에서 대체 무엇을 가져가란 것인가.

분노가 치밀었으나 김 대사는 침착해지기로 마음먹었다.

'명색이 가장 오래된 서고인데 쓰레기만 모아 놓진 않았겠지. 분명 값진 물건이 있을 것이다. 반드시 그 보물들보다 더한 보물을 찾아내서 본전을 뽑고 말겠다!'

김 대사는 최대한 불쌍한 표정으로 책사에게 말했다.

"여보게, 부탁이 있네. 내 부하를 데려와도 되겠나? 이곳이 워낙 넓어서 혼자 둘러보기 힘들 것 같네."

"부하를요?"

책사가 의심을 품은 얼굴로 되물었다.

"더도 말고 덜도 말고 딱 한 명이면 된다네. 그자는 그저 비실비실한 학자일 뿐이야. 내가 그런 자와 뭘 할 수 있겠나. 자네는 번거로울 거 없이 사포에 방* 하나만 붙여 주면 되네만."

"주군왕께 여쭤보겠습니다."

책사가 깐깐하게 굴자 김 대사가 그의 소맷자락을 붙잡았다.

"어허. 자네가 그러고도 주군왕께 충심을 다하는 자인가! 주군왕께서 이런 사사로운 일에 신경을 쓰게 하는 건 불충 아닌가."

김 대사는 바지와 뱃살 사이에 끼워 둔 금붙이를 꺼내 책사에

---

*방: 어떤 일을 알리기 위해 사람들이 많이 다니는 곳이나 모이는 곳에 써 붙이는 글

게 주었다. 밤톨만 한 금붙이는 김 대사가 준비한 최후의, 최후의, 최후의 보루였다.

"난 단지 주군왕께 휴식 시간을 드리고자 할 뿐이야. 이것은 나의 마음이니 그대가 받아 주게."

책사는 침을 꿀꺽 삼켰다. 영롱한 노란 빛깔이며 밤톨만 한 크기까지. 이 정도 금붙이는 평생을 주군왕 밑에서 일해도 보기 힘들 것이었다.

책사는 큼큼 괜한 기침 소리를 내며 금붙이를 소매 안에 넣었다. 그는 안일하게도 김 대사가 먼지 쌓인 서고에서 얻어 갈 것은 단 하나도 없으리라 확신했다. 훗날 이것이 얼마나 큰 사건을 불러일으킬지 상상도 못 하고서.

"오늘 주군왕께서 무척 바쁘신 듯하니 조용히 불러오겠습니다. 방은 뭐라고 쓰면 되겠습니까?"

"이렇게 쓰시오. '단기 용역 선착순 모집. 산처럼 쌓인 고서적을 읽고, 내용을 요약해 주는 일. 장소는 명주문고.'"

그 방을 보고 찾아온 것은 단 한 명, 장동이었다.

장동은 책사를 따라 명주문고로 들어왔다. 김 대사를 본 장동은 얼굴이 하얗게 질렸다.

그도 그럴 것이 김 대사는 이전에도 명석한 장동을 잡아들여 자신의 창고에 가둬 놓고 별의별 것을 만들게 시킨 전적이 있었다. 그러다가 지귀와 얼음 도깨비가 격돌하여 신라 앞바다가 쑥대밭이 될 뻔한 이후 죄책감을 느낀 장동은 종적을 감췄다.

장동의 습성을 알고 있던 김 대사는 사라진 장동을 찾아내는 방법을 쉽게 생각해 냈다. 산처럼 쌓인 고서적이라는 말에 흥미가 동할 만한 인간은 이 세상에 장동 하나뿐일 것이다. 김 대사는 장동이 사흘 안에 오리라 확신하였으나 둘의 만남은 단 하루 만에 이루어졌다.

"저는 돌아가겠습니다. 대사가 낸 방인 줄 알았으면 오지 않았을 것입니다."

"정말인가? 명주문고는 명주에서 가장 오래된 서고라네. 잊힌 책들의 무덤이랄까. 정말 이렇게 그냥 나가도 괜찮겠나?"

책들의 무덤. 이 말만큼 장동을 혹하게 하는 단어는 없었다. 예상대로 장동의 눈빛이 흔들렸다.

"나도 그동안 많이 반성했네. 욕심 부리지 않고 여기 주군왕의 밑에서 귀한 자료를 정리하면서 여생을 보내려 하네. 하지만 내 아는 바가 없고, 자네도 좋아할 것 같아 초대한 것인데……."

"제가 뭘 해야 하는 것입니까."

장동이 덥석 미끼를 물었다.

"아주아주 특별하고 귀중한 문서를 골라서 그 내용을 알려 주게. 특별 서고를 마련할 생각이거든."

"모든 자료는 다 나름의 귀한 가치가 있습니다만……."

"그중에서도 '특별히 이건 진짜 귀하다. 내 목숨을 바쳐도 아깝지 않게 귀하다.' 그런 문서를 찾아 달란 말이네."

사실 김 대사도 무얼 찾아야 할지 모르긴 마찬가지였다. 다만 목적은 명확했다. 복수. 그에 도움이 될 무언가를 찾아야 했다.

"알겠습니다."

"잘 생각했네!"

장동이 결국 승낙하자 김 대사가 장동을 와락 끌어안았다. 장동은 화들짝 놀라 몸을 피했다.

명주문고에서 지내게 된 장동은 김 대사의 속도 모르고 수백 년 묵은 목간을 발견할 때면 황금이라도 발견한 사람처럼 얼굴이 환해졌다. 동시에 어마어마한 자료를 함부로 방치하는 주군왕의 무식함에 탄식하기도 했다.

"이곳에는 옛 신라의 역사를 기록한 중요한 자료가 아주 많군요. 당장 돈이 되지 않는다고 이끼 가득한 굴에 처박아 두다니, 참으로 한탄스럽습니다. 인간이 짐승보다 유일하게 나은 한 가지는 기록입니다. 인간은 탐욕에 절어 어리석은 짓을 끊임없이 벌이지만 그럼에도 기록이 있어 문명을 이어 갈 수 있는 것인데……."

김 대사는 샌님 같은 소리는 집어 치우고 당장 내게 도움이 될 자료나 찾아내라고 소리를 지르고 싶었다. 하지만 그랬다가 장동이 도망이라도 갈까 싶어 인생 최대의 인내심을 발휘했다. 지금은 장동이 유일한 희망이었다.

"그래그래. 자네 말이 다 옳으니 어서 귀한 자료를 찾아 보게."

장동은 김 대사의 말을 진심으로 여겼다.

하나 장동이 귀하다며 가져오는 자료 대부분은 김 대사에게 쓸모가 없었다. 김 대사는 앞에서는 장동에게 대충 맞장구쳐 주고는 돌아서서 장동이 찾아 온 종이를 찢어 버렸다.

하루, 이틀, 사흘……. 시간이 갈수록 책사가 챙겨 준 음식처럼 동이 나 버린 인내심에 김 대사는 장동을 보며 이를 갈았다.

하지만 궁하면 통한다고 하던가. 마침내 장동이 그것을 발견해 설명할 때 김 대사는 속으로 환호성을 질렀다.

"대사, 이것도 참으로 희귀한 문서입니다."

장동이 이렇게 말하며 목간 하나를 가져왔다. 글자가 흐릿해져 읽기 힘들 정도로 낡은 목간이었다.

"무엇이 희귀하다는 것이냐. 빨리빨리 말해라."

김 대사는 초조한지 바싹 마른 입술을 달싹였다.

"이 목간은 정확한 시기는 알 수 없사오나 지금으로부터 수백 년 전, 이사부가 우산국*을 정벌할 때 쓴 탐험 기록입니다."

"그래서?"

"동해에서 기이한 괴물들을 만났다고 쓰여 있는데……."

괴물이란 말에 김 대사의 눈이 탐욕으로 번들거렸다. 자료에 심취한 장동은 김 대사의 표정을 눈치채지 못하고 목간에 쓰인 글을 읽어 주었다.

김 대사가 물었다.

---

*우산국: 지금의 울릉도

"그래서, 그게 어디에 있다는 것이냐?"

"수백 년이 지나 글자가 지워졌습니다. 하지만 이 그림이 그 위치를 나타내는 듯합니다."

장동이 목간에 그려진 그림을 가리켰다. 검은 새와 기다란 지렁이 같은 줄이 열 개 그려져 있었다.

"이것이 무슨 의미인지는 더 연구해야 할 듯합니다."

김 대사는 장동에게서 이사부의 목간을 빼앗았다.

"수고했네, 장동. 이제 자네 일은 끝났네."

"그 그림은 더 연구를……."

"아 됐대도! 어서 돌아가게."

김 대사는 미적대는 장동을 서둘러 쫓아냈다.

김 대사는 그 길로 명주문고를 나왔다. 책사는 김 대사를 주군왕에게 데려갔다.

"명주문고에서 즐거운 시간 보내셨나."

김 대사가 고개를 조아렸다.

"저의 부족함을 반성하는 귀한 시간이었습니다."

주군왕이 턱짓하자 책사가 두루마리 종이를 김 대사에게 가져다주었다.

"꼼꼼히 읽어 보시고 지장을 찍으시면 됩니다."

김 대사는 종이를 펼쳐 보았다.

"혹시 조율은 가능한지……?"

"머리부터 벨까 다리부터 자를까 정도는 가능하겠지."

표준 계약서

갑(주군왕)은 을(김 대사)에게
고대의 문서와 목간을 넘겨주는 대가로
을에게 백룡피와 자명고를 받도록 한다.

이 계약은 천재지변이 일어나도 파기 불가하며
대대손손을 지나도 효력을 갖는다.

갑 : 주군왕 (인)

을 : 김 대사 (인)

표준 계약서가 아니라 불공정 표준 계약서 같았다.

심드렁한 주군왕의 목소리에 김 대사는 소름이 돋았다.

김 대사는 책사가 단도를 내밀자 깜짝 놀라 주군왕을 쳐다보았다. 주군왕의 눈빛에서 귀찮음이 느껴졌다. 김 대사는 부들부들 떨더니 눈을 딱 감고 엄지손가락을 살짝 찔렀다. 김 대사는 핏방울을 인주 삼아 계약서에 엄지를 꾸욱 찍었다.

3

 김 대사는 자신의 관청으로 돌아와서는 주군왕과 찍은 계약서를 힘껏 구겼다. 마음 같아서는 갈기갈기 찢고 싶었지만 가까스로 참았다. 계약서는 대각간에게 보여야 할 증서였다.

 다행히 그에게는 최후의, 최후의, 최후의, 최후의 보루가 남아 있었다. 주군왕에게 바친 백룡피와 자명고는 가품이었다. 김 대사가 위험에 처했을 때 자명고가 울리지 않은 이유는 진품이 아니었기 때문이다. 설령 목숨이 걸렸다고 해도 욕심 많은 김 대사가 그런 귀한 걸 주군왕에게 내줄 리 없었다.

 김 대사는 곧바로 집무실로 들어갔다. 집무실 의자를 치우고 바닥의 나무판자 하나를 떼어 냈다. 하얀 천으로 꽁꽁 싸 둔 물건이 보였다. 천으로 감싼 것은 진짜 백룡피와 자명고, 그리고 금붙이 몇 개였다.

"지금 내가 가진 보물이라고는 이것뿐. 하지만 투자를 해야 이익을 얻는 법!"

김 대사에게 남은 병사들조차 한 줌도 안 될 수였다.

김 대사는 집무실을 나가 병사 하나에게 일렀다.

"뛰어난 뱃사람을 모집하는 방을 붙일 것이다. 바다로 나갈 탐험대를 꾸려 특별한 성과를 올리면 금붙이를 줄 테니 지원자는 관청으로 모이라고 써라."

탐험대 모집 소식은 입에서 입으로 전해져 마을 백성들보다 많은 사람이 관청에 몰려들었다.

김 대사는 탐험대에 지원하러 모인 자들을 한데 불러 말했다.

"자, 이제부터 당신들이 탐험하며 본 것 중 가장 기이한 것을 말해 보시오."

그러자 지원자들이 하나둘 입을 열었다.

"한번은 기이한 말을 본 적이 있습니다. 누군가 먹으로 그린 것처럼 몸에 검은 줄이 그어져 있어 얼룩덜룩한 놈이었지요."

"어디서 거짓말을 하는가. 그게 진짜라면 내가 얼룩말이라고 부르겠네. 흥!"

김 대사는 기가 찼다. 다음 지원자가 말했다.

"제가 본 것은 아주 커다란 소인데 뿔이 코에 달려 있었습니다. 몸집은 거대하여 웬만한 초가집만 하였고 자랄수록 뿔도 커졌습니다."

"하, 그런 거짓말은 애도 안 믿을 걸세! 다음!"

지원자들은 하나같이 진실이라고 주장하였지만 김 대사는 믿지 않았다.

"사기꾼투성이군. 얼어붙은 땅에 사는 새하얀 곰이 있다질 않나, 목이 사람 키보다 긴 동물이 있다고 하질 않나. 이사부가 남긴 기록대로 탐험할 자가 하나도 없단 말인가."

김 대사는 수심이 가득한 얼굴로 얄따란 콧수염을 배배 꼬았다. 그때 나이 지긋한 목소리가 들렸다.

"진짜 진기한 것은 생물이 아닙니다."

"방금 지껄인 자가 누구냐? 당연히 자신 있는 것이겠지?"

지원자들 사이에서 한 노인이 오른 다리를 절며 앞으로 나왔다. 그는 서리가 내린 듯 머리가 성성하였고, 턱수염은 허연 파뿌리처럼 길고 거칠었다. 움푹 들어간 두 눈은 고목의 옹이 같았으나 눈빛만은 형형했다.

김 대사가 물었다.

"그렇다면 진짜 진기한 것이 무엇인가."

"하늘이지요."

노인의 목소리에는 귀를 기울이게 하는 힘이 있었다. 김 대사는 노인에게 마저 말해 보라고 고갯짓을 하였다.

노인이 말을 이었다.

"저는 세상에서 가장 기이한 하늘을 보고 왔습니다."

"하늘이 다르면 얼마나 다르다고?"

김 대사가 흥미를 보이자 노인이 애태우듯 천천히 입을 열었다.

"실로 어마어마하게 먼 바다였지요. 신라의 하늘에 눈이 내릴 시기에 그곳의 하늘엔 쨍쨍 눈이 부신 해가 떴고, 신라의 하늘이 장맛비를 내리면 그곳의 하늘은 눈송이를 뿌려 대더군요."

"참으로 그런 곳이 있단 말인가."

"예. 또한 그 신비한 하늘 아래 경이로운 땅을 보았습니다. 그곳에는 사슴처럼 생겼으나 인간처럼 두 발로 뛰고 배의 주머니 안에 새끼를 기르는, 아주 거대한 쥐도 있었습니다. 토끼처럼 두 발로 깡충깡충 뛰어다니는데 그 뒷다리에 한 번 맞으니 제 다리가 이렇게 되었지요."

노인의 묘사가 어찌나 실감이 나는지 김 대사는 그 황당한 괴물을 눈앞에서 보고 있는 것 같았다. 아무리 생각해도 이런 생생한 이야기는 직접 겪지 않고서는 지어낼 수 없을 것 같았다.

"그, 그 쥐를 정말 실제로 본 게 맞나?"

"그렇습니다. 제 다리가 그 증거지요."

김 대사는 노인의 말에 홀린 것 같았다. 이 사람의 경험과 학식, 지혜라면 이사부가 목간에 쓴 괴물들을 찾아낼 수 있을 거라는 믿음이 생겼다.

김 대사는 차고 있던 금목걸이를 벗어 노인의 목에 걸어 주며 말했다.

"합격이네."

김 대사는 얼른 고개를 돌려 한 줌 정도밖에 남지 않은 병사들에게 서둘러 명했다.

"이자만 남기고 나머지는 돌려보내라."

모두 자리를 비우고 둘만 남자 김 대사는 조심스레 이사부의 목간을 꺼냈다.

"자네의 임무는 이 기록이 적힌 곳으로 가 진귀한 보물을 찾는 것이라네. 아주 먼 곳까지 탐험하여 가장 기이한 것을 찾는 위험한 모험이 될 텐데 가능하겠나?"

"바다가 허락하면 가능하겠고, 그렇지 않다면 어렵겠지요."

노인이 애매모호하게 말했다. 노인에게 단단히 홀린 김 대사는 평소라면 짜증부터 냈을 말도 믿음직스럽게 느껴졌다.

"필요한 건 뭐든지 말만 하게. 큰 배가 필요한가? 선원은 몇 명이나 데려갈 텐가?"

"배가 무거울수록 바다에 깊이 빠지게 되니 작은 배 하나와 제가 부리는 뱃사람 다섯이면 충분합니다."

김 대사는 노인에게 이사부의 탐험 기록이 쓰여 있는 목간과 금붙이 몇 개를 넘겨주었다.

노인은 목간과 금붙이를 손에 쥐고 김 대사에게 절을 올렸다. 노인은 왼쪽 발을 질질 끌며 김 대사의 집을 나섰다.

노인이 나가는 모습을 지켜보다가 김 대사는 문득 중얼거렸다.

"원래 왼발을 절었던가?"

합격 목걸이를 받은 노인은 왼쪽 발을 끌면서 천천히 걸음을 옮

겼다. 한 걸음씩 나아갈 때마다 노인이 걸치고 있던 물건을 하나씩 던져 버렸다. 허름한 겉옷, 흰머리가 성성한 가발, 밥풀로 붙인 하얀 수염이 휙 던져져 바닥에 떨어졌다.

눈이 움푹 들어가 보이도록 붙인 가짜 살가죽까지 떼어 내자 감탄스러운 본판이 드러났다. 노인의 정체는 역시나, 철불가였다.

"금저 가죽도 못 얻어 허탕하나 했는데, 김 대사가 알아서 금을 바치는구나."

소소생과 바다선녀 때문에 금저를 눈앞에서 놓친(어디까지나 그의 입장에서 하는 말일 뿐, 사실과는 다르다) 철불가는 새로운 밥벌이를 위해 신라 전역을 떠돌았다. 밥벌이는 당연히 협잡질과 사기였다. 그러는 사이 철불가의 죄목은 107개까지 늘어났고, 백칠범법이라는 새로운 악명을 떨치게 되었다. 그때 김 대사가 붙인 방이 철불가의 눈에 띈 것이다.

"멍청한 김 대사가 속아 주어 다행이군, 후후."

철불가가 김 대사 앞에서 늘어놓은 '신기한 하늘'이나 '거대한 쥐'는 혀가 움직이는 대로 지껄인 것이었다. 말하는 재주가 탁월한 데다 아무 말이나 해도 얻어걸리는 행운까지 갖추었으니 실로 철불가는 하늘이 내린 사기꾼이었다.

철불가는 금목걸이가 열 돈은 되겠다며 콧노래를 불렀다.

"여보오! 노인장!"

철불가의 흥을 깨는 소리가 들렸다. 철불가는 못 들은 체하려 했으나 달려오기라도 하는지 목소리가 빠르게 가까워졌다.

철불가는 가발과 겉옷, 수염을 급하게 다시 둘렀다.

"예……."

순식간에 노인이 된 철불가가 오른쪽 발을 끌며 돌아섰다.

"무슨 일이신지요……."

철불가 앞에 젊은 화랑 고이랑이 달려와 섰다. 그는 소소생보다 한두 살 정도 많아 보이는 앳된 청년이었다. 하지만 눈빛이나 몸에서 느껴지는 기개가 노련한 장수 못지않았다. 철불가는 어쩐지 불안한 마음이 들었다.

"대사께서 내게 노인장이 탐험을 완료하기까지 옆에서 보필하라 하셨소."

"예에? 저에겐 손발이 척척 맞는 선원들이 이미 있습지요."

철불가는 서둘러 거절했다. 갖가지 시련을 겪은 철불가의 경험이 이놈은 일찌감치 떼어 놓는 게 상책이라고 경고했다.

"걱정 마시오. 나도 늘 화랑 선후배들과 훈련을 하니 어느 누구와도 금방 손발을 맞출 수 있을 것이오."

"하오나 이 늙은이 성격이 워낙에 괴팍하여……."

"괜찮소. 몸이 힘들면 참을성도 줄어드는 법 아니오. 나는 다 받아들일 수 있소."

"배도 워낙 작아서 화랑 나리가 몸을 담기엔……."

"배가 좁으면 헤엄쳐서라도 갈 테니 걱정 마시오."

한 치도 빠져나갈 틈을 주지 않는구나. 철불가는 수염 속으로 입술을 깨물다가 이놈을 벗어날 도리가 없다는 결론을 내렸다.

"그럼…… 가시지요."

"그런데 노인장, 아까는 왼쪽 다리를 절지 않으셨소?"

"몸이 말을 듣지 않아 왼 다리가 짧아질 때가 있고, 오른 다리가 짧아질 때가 있답니다. 인체의 신비란 참으로 놀랍지요."

철불가가 옹색한 변명을 했다.

"정말 놀라운 일이구려. 험난한 탐험 길에 함께하게 되었으니 통성명을 해야 하지 않겠소. 나는 고이랑이오."

고이랑이 솥뚜껑 같은 손을 내밀어 악수를 청했다.

"곧 죽을 놈 이름을 알아서 무엇 하겠습니까. 저는 그저 노인장으로 부르시는 걸로 족합니다요."

철불가는 일부러 손을 바들바들 떨며 고이랑의 손을 슬쩍 쳐 냈다. 손을 잡았다간 자신이 노인이 아니란 사실을 들킬 것 같았다.

"에구구, 나이를 먹으니 손에 힘이 없어서 그만……"

"하하. 괜찮소. 앞장서시오."

철불가는 여차하면 솔개날을 쏠 생각으로 바닷가로 향했다.

사람 좋게 웃던 고이랑도 철불가가 뒤를 돌자 미소를 거두었다. 그는 김 대사의 명령을 떠올렸다.

"너도 저자를 따라가라. 지켜보다가 임무를 수행하지 않으면 처형하고, 만약 탐험을 완료하고도 그 결과물을 빼돌리려 하면 그때도 처형하라. 내가 찾는 것을 반드시 가져와야 한다."

푸른 바다에 거친 파도가 철썩였다. 작은 상선이 파도를 가르며 사람들과 물건을 싣고 신라로 향하고 있었다. 먼 길을 떠났다가 오랜만에 고국으로 돌아가는 이도 있었고 교역을 위해 처음 신라를 찾는 이도 있었다.

저 멀리 육지가 보였다. 사람들이 기대감에 차 있을 때쯤 느닷없이 불화살이 날아들었다. 돛과 갑판에 불꽃이 피어오르자 여기저기서 소리를 질렀다. 불길이 번지고 검은 연기가 피어오르는 사이 바위섬 뒤에 숨어 있던 해적선이 상선에 뱃머리를 댔다.

해적선에서 시커먼 옷을 입을 자들이 뛰어내렸다. 그중에서도 우두머리인지 맨앞에 선 털보 남자가 말했다.

"이놈들! 지옥에 끌려가고 싶지 않으면 가진 걸 다 내놓아라."

"누, 누구시오?"

상선의 선장이 떨리는 목소리를 애써 붙들며 물었다.

"나는 107개의 법을 어겨서 곧 세상에 지옥문을 열 구주제일마귀, 철불가다!"

털보가 옷 아래로 불룩 튀어나온 배를 내밀며 외쳤다.

"처, 철불가……! 뭐든지 내줄 터이니 목숨만 살려 주시오."

깜짝 놀란 선장이 머리를 조아리고 빌었다.

"이 배에 지옥에 갈 놈들이 많구나. 지옥에서 네놈들의 죗값을 치르……."

"멈춰라! 의적 고래눈이 네놈들을 용서치 않겠다!"

이번에는 고래 깃발을 단 해적선이 나타나 털보의 해적선에 와 거칠게 부딪쳤다. 고래 해적선의 뱃머리에 두건을 깊이 눌러쓴 자의 외침이었다.

고래눈의 등장에 해적과 상선이 술렁였다.

"고래눈?"

"천하제일검 고래눈이라고?"

"우린 살았다!"

고래눈이 늠름하게 난간에 발을 걸치고 있는데 순간 바닷바람이 휘몰아쳐 두건이 풀어져 날아갔다. 두건 아래에 감춰져 있던 휑한 민머리와 수북한 콧수염이 드러났다.

"고래눈이 어느새 민머리 아저씨가 된 것이냐! 의적인 체하면서 우릴 속이려 하다니."

"너야말로 언제부터 철불가가 털보 배불뚝이였냐! 구주제일마귀 좋아하네! 구주제일똥배가 낫겠구나!"

가짜 구주제일마귀 해적단과 가짜 고래눈 해적단이 상선에서 맞붙었다. 잠깐의 희망마저 잃은 포로들은 가짜들의 싸움에 휘말리지 않으려 이리저리 도망 다니기 바빴다.

삐익 날카로운 피리 소리가 울렸다.

고래 깃발을 단 해적선이 어느새 하나 더 다가와 있었다. 그 해적선에서 진짜 고래눈과 범이가 모습을 드러냈다. 두 사람은 요란떨 것도 없이 곧바로 싸움터로 뛰어들었다.

범이는 초승달 모양의 칼로 털보 남자의 수염을 반 토막 내고 다리를 그어 쓰러트렸다. 그 사이 키가 한 뼘 더 자라 웬만한 이들은 내려다볼 정도였다.

"으아악! 진짜가 나타났다! 진짜 고래눈이다!"

가짜 고래눈이 비명을 지르며 기어서 도망가려 했다.

"성의가 없는 건지 생각이 없는 건지……. 대머리 아저씨가 고래눈 형제를 사칭하다니."

범이는 가짜 고래눈을 번쩍 들어서 진짜 고래눈을 향해 몸을 틀었다. 고래눈은 바람처럼 배 위를 오가며 가짜 해적 무리를 속속 해치우고 있었다.

"보시오. 진짜 고래눈 형제는 고래수염처럼 하얀 앞머리를 가졌고, 다섯 개의 검이 달린 오합도를 한 번에 부릴 수 있는 실력을 지니고 있다오. 따라 하려거든 좀 성의를 보이시오."

"죄, 죄송합니다. 다음에는 제대로 하겠습니다."

가짜 고래눈이 비굴하게 웃어 보였다.

"다음 같은 건 없소이다."

범이는 싱긋 웃더니 가짜 고래눈을 바다로 던져 버렸다.

순식간에 가짜 해적단을 제압한 고래눈과 범이는 상선의 포로들을 풀어 주고 빼앗긴 화물을 되찾아 주었다.

"신라에 무사히 도착할 때까지 저희가 함께하겠습니다."

"역시 의적 고래눈이우! 고맙수."

상선에 타고 있던 노인이 고래눈의 손을 꼭 잡았다.

"세상에 고래눈 같은 사람만 있다면 얼마나 좋을까. 신라에 지옥문이 열릴 거라느니, 무슨 마귀가 판을 친다느니, 흉흉한 소리만 들리니 무서워 죽겠어."

"할멈, 그런 건 다 소문일 뿐이니 흔들리지 마시구려."

범이는 사근사근하게 말을 걸더니 노인을 객실로 모셨다.

고래눈과 범이는 뱃머리에 나란히 섰다.

"수심이 깊어 보이십니다. 걱정이라도 있으십니까?"

"노인이 말한 소문 말이다……."

"백팔괴담 말입니까? 설마 철불가가 지옥을 열 마귀란 소문이 두려우신 겁니까?"

범이는 고래눈을 누이라도 되는 양 웃으며 바라보았다.

"그런 뜬소문에도 민심이 흔들리는 것이 걱정이다. 그러니 저런 가짜들이 판을 치는 거겠지. 실체 없는 소문에 백성은 불안에 떨고 이를 이용하는 악인이 난립하니. 나라가 어찌 될는지……."

"이 나라는 진작부터 기울었습니다. 신라는 침몰하는 배입니다. 우린 거기서 마지막까지 약탈할 게 없나 두리번거리는 해적일 뿐이고요. 그저 조금 선한 해적 정도랄까요?"

"키만 큰 줄 알았는데, 말재간도 늘었구나?"

"그뿐인 줄 아십니까? 눈치도 꽤 늘었습니다. 진짜 걱정되는 게 따로 있지 않습니까?"

"너한텐 숨길 수가 없구나."

고래눈이 방싯 웃었다. 그 미소에 범이는 가슴이 터질 것 같았지만 슬쩍 고개를 돌렸다.

"바다가 들려주는 소문에 소소생의 이야기는 없구나."

역시. 범이는 천국에서 지옥으로 떨어지는 듯 가슴이 내려앉았다. 그 녀석 얘기일 줄 알고는 있었지만…….

그런 줄도 모르고 고래눈은 말을 이어갔다.

"철불가야 항상 요란을 떨어 대니 백칠범법이 어쩌니 저쩌니 소식이 자꾸 들리는데, 실과 바늘처럼 붙어 다니던 소소생은 흔적도 없이 사라졌어. 무슨 일이라도 생긴 것은 아닌지……."

"무소식이 희소식 아니겠습니까. 소소생 그 녀석, 비실비실 약해 보여도 삼면총해적주까지 되었으니 명줄 하나는 타고난 녀석이라니까요."

범이가 고래눈의 말을 잘랐다. 그 녀석이 짜증 나긴 해도 무사할 거라는 믿음은 진짜였다.

고래눈은 안심이 되는지 고개를 끄덕였다.

"그리 걱정되시면 직접 찾아 나서는 건 어떻겠습니까."

"바다가 허락하면 만나게 되겠지. 해적은 노략질이 우선이니 다음 목표물을 생각해야겠다."

범이가 자리를 비켜 주었다. 고래눈의 뒷모습을 보며 범이는 생각했다.

'이 뒷모습을 죽을 때까지 바라볼 것이다. 더도 말고 덜도 말고 딱 거기까지만 욕심을 낼 것이다.'

4

 철불가는 고이랑을 데리고 바닷가로 향했다. 거기엔 철불가가 도망칠 때 쓰려고 준비해 둔 배가 있었다.
 '동해의 우산국이라니……. 바다 한복판에서 죽기 딱이군.'
 땅거미가 내릴 무렵 철불가는 만일을 대비해 고용한 가짜 부하들을 떠올렸다. 그들에게 일이 끝나면 사례를 하기로 하였으니 배에서 철불가를 기다리고 있을 터였다. 허름한 나룻배에 다다르자 철불가가 부자연스럽게 천천히 걷기 시작했다.
 그러더니 갑자기 이상한 노래를 흥얼거렸다.
 "약속한 시간이 되었네. 이 밤 너와 약속한 이 밤. 지금이야."
 부하들에게 이 노래가 들리면 공격하라고 일러두었던 것이다.
 '팔팔하고 젊은 녀석들로 데려왔으니 화랑 하나 쓰러트리는 건 식은 죽 먹기겠지.'

하지만 철불가의 기대와 달리 아무 일도 일어나지 않았다.

고이랑은 꺼림칙한 표정으로 철불가를 쳐다보았다. 노망이 났나 걱정스러운 듯하였다.

"노인장, 갑자기 무슨 노래요."

"허허허. 밤이라 그런지 노래 한 곡조가 떠오르지 뭡니까. 먼저 하늘로 가 버린 부인에게 이 노래를 불러 주고 싶었습니다."

철불가는 노래를 이어 부르며 나룻배를 툭툭 찼다.

"너와 뜨겁게 지져 버리자고 약속한 밤. 지금 이 순간이야. 제발 당장 튀어나와 줄래?"

노래를 아무리 불러도 부하들이 나오지 않자 철불가는 끝내 소리를 질렀다.

"튀어나와서 공격하라고! 공격!"

그제야 나룻배 뒤에 숨어 있던 부하들이 나타났다.

"노래가 감미로워서 듣다 보니 추억에 잠겨 버렸지 뭐요. 후훗."

한 놈이 손가락으로 코 밑을 쓱 비비며 웃었다.

"노래를 잘 불러도 문제로군. 아무튼 저 화랑을 죽이시오. 아니 잠깐, 셋만 있어? 나머지 둘은?"

"한 놈은 배고프다고 한참 전에 돌아갔고, 한 놈은 배탈이 나서 가 버렸지."

"어린놈들이 끈기가 없어서, 원. 일단 셋이서 싸우시게. 저놈을 쓰러트려야 약조한 사례를 할 터이니."

조용히 지켜보던 고이랑이 물었다.

"노인장, 설마 나를 죽이려고 함정을 판 거요?"

철불가는 파뿌리 같은 수염을 쓰다듬으며 애석한 투로 말했다.

"그렇습니다. 미안하게 되었지만 바다 한복판으로 죽으러 갈 수는 없지요. 그쪽도 도망치든지 싸우다 죽든지 택하시지요."

"고매하신 노인장께서 어째서 이런 흉계를 꾸민 거요? 지금이라도 충심을 회복하여 대사의 명을 따르시오."

"애초에 충심 따윈 없었으니 회복할 것도 없답니다. 안타깝지만 화랑 나리의 탐험 길은 지옥으로 가는 길이 될 듯하군요."

철불가가 후후후, 악당처럼 웃으며 뒤로 물러서자 부하들이 고이랑을 둘러쌌다.

"네놈의 목숨은 내 것이다!"

"죽어라!"

부하 하나가 고이랑의 머리를 으깨 버릴 듯 망치를 내리쳤다. 다른 하나도 동시에 옆에서 도끼를 휘둘렀다. 그러나 망치와 도끼가 닿기 직전 고이랑이 바람처럼 사라졌다.

쉬익. 번개 같은 검격이 내리꽂히더니 망치가 부서지고 도끼날이 두 동강 났다.

부하 하나가 튕겨 난 도끼날에 발등이 찍혀 바닥을 뒹굴었다.

"으악! 내 발!"

쉬익. 또 한 번 번개가 스쳤다. 이번엔 망치 자루를 쥔 부하의 손목이 댕강 날아가 바닥에 떨어졌다. 부하들이 다친 부위를 부여잡고 쓰러졌다.

"내, 내 손!"

쓰러진 놈들을 뒤로하고 고이랑이 전광석화처럼 마지막 남은 부하 앞에 나타났다.

마지막 부하가 허리에 찬 장검을 꺼내며 웃었다.

"재주가 좋구나. 하지만 나한텐 못 당……."

쉬익 쉬익. 번개가 두 번 열 십十 자를 그리며 번쩍였다. 놈은 눈도 깜빡 못 하고 말하던 표정 그대로 숨을 거뒀다.

철불가는 어느새 도망가 나룻배를 띄우고 있었다. 순간 바람을 가르는 소리와 함께 나룻배에 쾅 번개가 날아들었다. 충격으로 튕겨 나가면서도 철불가는 솔개날의 방아쇠를 당겼다.

화살이 솔개처럼 쌩 날아가 이번엔 철불가를 향해 달려들던 번개에 부딪혔다. 그 속에서 고이랑의 모습이 드러났다. 고이랑이 철불가 앞에 서서 칼을 겨눴다. 준비 운동도 안 되는 듯 숨조차 흐트러지지 않았다.

고이랑의 칼 손잡이에는 글자가 새겨져 있었다. 그것을 본 철불가가 믿을 수 없다는 듯 중얼거렸다.

"난승難勝……? 설마 난승 검법?"

고이랑은 한때 사포에 살던 귀족이었다. 패가망신하여 부모가 일찍 세상을 뜨기 전까지. 사달은 고이랑이 장례를 치르고 집에 돌아왔을 때 났다.

난승 검법은 본디 김유신이 석굴에서 만난 신비로운 이에게 전수받은 검술이었다. 이 검술은 검을 휘두를 때마다 번개가 내리치는 듯 빛이 번쩍이고 사람의 눈에는 칼이 보이지 않았다. 김유신 이후에도 뛰어난 화랑 몇이 난승 검법을 익혔으나 완벽하게 구사하는 자는 극소수였다.

김 대사가 사포에서 쫓겨났을 때도 모두가 김 대사를 끈 떨어진 연이라고 멀리했지만 고이랑만은 난승 검법을 익히느라 잠시 떠나 있던 자신을 탓하며 그를 따라왔다.

그런 고이랑은 실력과 충심을 갖춘 김 대사의 최종 병기였다. 고이랑이 나섰다는 것은 김 대사가 목숨을 걸었다는 뜻이었다.

철불가는 몇 년 만에 난승 검법을 자유자재로 부리는 화랑이 나타났다는 소문을 떠올렸다. 하필 그게 고이랑이고, 김 대사의 부하였다니. 이제 정말로 도망치긴 글렀구나.

철불가는 모든 것을 포기한 듯 두 손을 들었다. 하지만 여기서 포기할 철불가가 아니었으니…….

"장보고는 개밥과 같고!"

철불가는 시커먼 바위 형체가 있는 바닷가로 냅다 달리기 시작했다. 바닷가에 있던 시커먼 바위에 횃불이 하나씩 켜지고 답가가 들려왔다.

"그 자식들도 개같이 생겼다!"

바위 형체로 보였던 것은 바닷가에 숨어든 해적선이었다. 이곳이 작은 마을이라고 하나 해적들에겐 물품을 보충하고 술과 밥을 해결하는 나름의 근거지였다. 철불가는 이를 알고서 해적들을 불러낸 것이다.

"해적 동지들! 저자를 물리치면 황금 두 자루를 주겠소!"

철불가의 허언에 어둠 속에서 수십 명의 해적이 달려 나왔다.

"거짓이면 네놈부터 죽일 테다!"

"이게 웬 떡이냐! 저 애송이는 내 것이다!"

"무슨 소리! 저놈은 내 밥이야!"

"머리통만 가져가면 되지? 몸뚱이는 알아서 나누어라. 하하하!"

커다란 바위를 쇠사슬에 매달아 추처럼 빙글빙글 돌리는 해적이며 톱니바퀴 두 개를 양 손목에 끼고 있는 자, 수많은 뱀 머리가 실타래처럼 꼬여 있는 차귀를 든 놈까지 듣도 보도 못한 무기를 든 해적들이 고이랑을 노리고 달려들었다.

하지만 고이랑이 칼을 휘두르면 바람 소리와 번쩍이는 빛, 나뒹구는 해적들의 몸뚱이만이 남았다. 뜨내기 해적들로는 속수무책이었다.

"이놈, 칼 다루는 솜씨가 심상치 않은 놈이군."

"달아나자!"

"네놈의 목숨은 다음 기회에 가져가마."

남은 이들은 다 죽어 가는 꼴로 끝까지 허풍을 떨며 달아났다. 그 틈바구니에서 철불가는 바닥을 기어 도망치고 있었다. 해적들은 철불가를 발견하자 멱살을 잡고 고이랑에게 던져 버렸다.

"이놈을 넘길 테니 쫓아오지 마라!"

"으아악!"

꼴사나운 비명을 지르며 철불가가 고이랑의 발치에 던져졌다.

"황금을 준다니까? 이보오! 장보고는 개밥과 같고! 어? 개밥!"

철불가가 목청이 터져라 외쳐도 더 이상 답가는 없었다. 홀로 남겨진 철불가의 목에 고이랑이 칼을 겨눴다.

철불가가 솔개날을 쏘려고 하던 찰나, 고이랑은 솔개날의 방아쇠에 칼끝을 걸어서 휙 낚아 올렸다. 솔개날이 기다란 검신을 따라 미끄러져 고이랑의 손에 안착했다.

"노인장, 이제 탐험을 떠나셔야겠소."

철불가는 두 눈을 감았다. 그는 마지막 수단, 고백 공격을 하기로 마음먹었다.

"내가 진짜 이 말까진 안 하려고 했는데. 고이랑, 자네 내가 누군지 아는가?"

"알아야 하오?"

"잘 보시게."

철불가는 가발을 벗고 얼굴에 붙인 수염을 뗐다. 일부러 가늘게 뜨고 있던 눈도 바짝 힘을 주어 떴다.

철불가는 변장을 벗고 느끼한 미소를 날렸다.

"어떤가, 내 본모습이. 이제 내가 누군지 알아보겠나?"

"뉘신지……?"

"농담하는 거지? 아무리 죽을 고비에 던져져도 어떻게든 살아나는 철불가사리. 천 년을 넘어 만 년을 살기로 유명한 철불가. 그게 바로 나라니까?"

철불가는 김 대사의 명으로 망망대해에서 조난당해 죽을 바에 감옥에 갇히는 게 낫겠다고 판단했다. 감옥과 달리 바다는 탈출이란 게 없다. 빠져 죽거나 굶어 죽거나 잡아먹혀 죽거나 어찌 됐든 죽음밖에 없었다. 차라리 정체를 밝히면 철불가라는 이름에 혹해 고이랑이 자신을 관청으로 끌고 갈 것이라 생각한 것이다.

철불가는 밧줄로 묶으라고 양손을 고이 내밀었다.

"어서 날 잡아가게."

세상 물정 어두운 고이랑도 천하의 철불가에 대해 들어 본 적이 있었다.

고이랑은 철불가의 손을 밧줄로 묶으면서 물었다.

"당신이 진짜 철불가라는 걸 어찌 증명할 텐가?"

"어지러운 세상에서 유일하게 조화를 이루는 이목구비의 비율, 우수에 젖은 눈빛, 오뚝한 콧날, 우월한 팔다리를 보고도 모른다고? 이 모든 잘남이 내가 그 유명한 철불가란 걸 증명하고 있는데? 이런 사람 또 없다?"

"온 사방에 철불가 따라 하기가 유행하니, 자네도 그런 자일지 어찌 알겠나."

고이랑의 말대로 하필 현재 신라 전역에 가장 유행하는 양식은 철불가처럼 꾸미는 것이었다.

우연히 철불가의 용모파기를 본 어느 공주가 철불가를 잘생긴 범죄자라고 말하였고, 그게 화제가 되어 철불가 따라 하기가 세간에 퍼져 나간 것이다. 철불가처럼 턱수염 기르기, 시커먼 옷 입기, 치명적인 척하기, 느끼하게 웃기, 민폐 끼치기가 귀족들 사이에 놀이처럼 퍼졌다.

"잘생긴 게 천추의 한이로다. 또 다른 정체를 알려 주지. 사실 내가 그 유명한 백칠범법, 구주제일마귀일세! 이제 됐겠지? 날 잡아가게, 어서!"

고이랑은 화랑들 사이에 돌던 백칠범법이자 구주제일마귀에 관한 소문을 떠올렸다. 지옥으로 통하는 문을 여는 간악한 마귀가 눈앞의 미남자라는 사실이 믿기지 않았다.

"거짓말 마시오. 아무리 비열하다 해도 사람으로 태어나 107개나 되는 죄를 지을 수는 없네. 그런 건 재미로 지어낸 괴담이오."

"그게 나라니까?"

"당신이 그 인간이길 포기한 인간 말종 범죄자라고? 그런 더러운 종자는 있을 수 없네."

"그 버러지 같은 인간, 악랄하고 더러운 종자가 나라고! 제발 믿어 줘! 바다로 가느니 차라리 감옥에 갇히겠어!"

철불가가 혼신의 힘을 다해 빌어도 고이랑은 꿈쩍하지 않았다.

"한데 그렇게까지 말할 거 있나? 나, 상처받을 것 같네."

철불가가 토라진 듯 입술을 삐죽이며 말했다. 그 표정을 보자 침착한 고이랑도 순간 냉정을 잃었다.

'꼴 보기 싫은 걸 보면 백칠범법이 맞을지도……. 아니, 한 명이 107개의 죄를 짓는 건 불가능해. 먼저 이자를 데리고 임무를 완수한다!'

고이랑은 고개를 흔들어 잡생각을 떨쳤다.

"죄 한 개를 더 지어서 백팔범법이 되면 지옥으로 통하는 문을 연다는 구주제일마귀가 자네라면, 대사께 사기를 쳤으니 백팔범법이 된 건데 지옥문은 열리지 않았네. 그러니 그 괴담도, 자네의 말도 다 거짓이야."

"어지간히 답답한 사람이군. 내 정체를 증명해 줄 사람이 있네. 그자를 찾게. 그러면 내가 누군지 알 터이니."

"누구요 그게?"

철불가가 씩 웃었다.

"허허 거사."

"김 대사가 왔습니다."

대각간에게 신하가 고했다.

"들라 하라."

문 뒤에 서 있던 김 대사가 고개를 조아리고 들어왔다.

"무슨 일인가."

대각간의 말에 김 대사가 고개를 들었다.

자색 관복을 입은 대각간이 김 대사를 뚫어져라 쳐다보았다.

대각간은 조정을 총괄하는 가장 높은 대신이었다. 대대로 전쟁에 기여한 가문 출신인 데다 본인도 높은 공을 세운 장군이었다. 흰머리가 성성한 나이임에도 떡 벌어진 어깨와 커다란 풍채가 위협적이었다. 얼굴은 늙은 뱀처럼 교활해 보였고, 눈빛은 폐부를 뚫을 듯이 매서웠다.

김 대사는 심장이 멎을 것처럼 두려워 대각간의 눈을 피했다.

"대각간께 인사 올립니다."

김 대사는 여태껏 결코 취해 본 적 없는 공손한 자세로 섰다.

"그동안의 일을 사실대로 고하러 왔사옵니다."

"사실대로? 지금 내가 사실과 거짓도 구분 못 하는 노인네라는 소리인가. 아니면 누군가 거짓을 고했다는 것인가?"

대각간이 하얗게 센 눈썹을 치켜올렸다. 김 대사는 벌벌 떨면서 아뢰었다.

"아닙니다. 명주에서 합포에 이르기까지 금저가 일으킨 재난은 저 때문이 아니옵고 이 비장과 해적들이 결탁하였기 때문입니다."

"이 비장?"

"예. 제 부관이었으나 아주 욕심이 많고, 야비한 자였지요. 사포에 장인이 침략한 것도, 당포에 돌림병이 퍼진 것도, 금관경에 얼음도깨비가 나타난 것도 모두 이 비장이 벌인 짓입니다."

"그자는 지금 어디에 있나."

"대각간께 그자를 잡아 대령하려 하였으나 어찌나 눈치가 빠른지 저희가 한발 늦고 말았습니다. 저와 주군왕이 사실을 파헤쳐 고할 것이 두려워 달아난 게 틀림없습니다."

김 대사는 주군왕과 입을 맞춘 대로 고했다.

"주군왕은 김 대사 자네가 벌인 짓이라고 하던데."

"그 또한 이 비장이 중간에서 이간질을 한 것입니다."

대각간은 대답도 없이 김 대사를 보았다.

김 대사는 오금이 저렸다. 저 정도는 되어야 신라를 제 것처럼 주무를 수 있는가.

한참 뜸을 들이던 대각간이 마침내 입을 열었다.

"알겠으니 이만 물러가라."

돌아오는 길에 김 대사는 생각에 잠겼다. 대각간이 김 대사의 말을 믿은 것일까, 다 알고도 넘어간 것일까. 속을 알 수 없어 더욱 두려웠다.

동시에 김 대사의 속에서 욕망이 치솟았다. 탐험대가 임무를 완수하면, 대각간이 누리는 권력은 자신의 것이다. 아니 그 이상을 가질 것이다.

이 치욕을 반드시 되갚아 주리라.

김 대사가 이를 악물었다.

5

 고이랑은 철불가의 안내에 따라 사포로 왔다. 허허거사라는 이름만 들어서는 산속에 숨어 도를 닦으며 살 것이라 짐작했는데 의외였다. 고이랑은 포박한 철불가를 끌고 다니며 시장에서 마주치는 사람마다 붙들고 물었다.
 "허허거사를 아시오?"
 행인들은 그 이름만 들어도 하나같이 경기를 일으키며 역정을 냈다.
 "당장 꺼지시오!"
 "허허거사를……."
 "에잇, 퉤!"
 "허허……."
 "설마 한패요?"

세 번째 만난 행인은 주먹을 불끈 쥐기까지 했다.

고이랑이 손사래를 쳤다.

"아닙니다. 그자를 만나 확인할 것이 있어 그렇습니다. 대체 허허거사가 누구길래 이토록 원한을 산 겁니까?"

철불가는 고이랑이 당황하는 모습을 즐기는 듯 콧노래를 흥얼거렸다.

또 다른 행인이 말했다.

"시장에 불시에 나타나 이상한 소리를 늘어놓고 홀연히 사라진다오. 그놈의 헛소리 때문에 시장 손님이 다 끊겼다오!"

행인이 분개하며 말을 이었다.

"한 놈 사라졌다고 안심했더니 똑같은 놈이 또 나타난 거 아니겠소."

"그자가 하는 이상한 소리가 무엇이오? 거짓 소문을 퍼트리는 거요? 아니면 욕지거리를 뱉는 거요? 화랑으로서 그런 불의한 자는 가만둘 수 없소."

고이랑이 분연한 얼굴로 말했다.

"직접 들어 보시오. 저기서 또 이상한 소리를 하고 있으니."

고이랑은 행인이 가리키는 곳으로 향했다.

우스꽝스러운 가면을 쓴 자가 한 손에 헝겊 인형을 끼우고 덕담 공연을 하고 있었다.

"저자가 허허거사?"

고이랑은 유심히 귀를 기울였다.

"한찬 어른, 큰일 났습니다!"

허허거사가 헝겊 인형을 보며 말했다. 박 한찬을 모방해 만든 인형이었다.

"무슨 일이냐?"

허허거사는 목소리를 바꿔 박 한찬처럼 말했다.

"백팔괴담을 모르십니까? 방금 백칠범법이 또 죄를 지었다고 합니다. 이제 지옥문이 열릴 것입니다."

"그런 소문은 다 가짜다."

"한찬 어른, 어째서 그렇습니까?"

"그렇게 치면 나는 이백범법이거든. 하하하."

행인들이 야유를 퍼부었다.

"우우우우. 여기서 제일 웃긴 게 그 가면이다. 우우우우."

허허거사는 익숙한 듯 행인들의 아우성에도 굴하지 않고 공연을 이어 갔다.

"한찬 어른, 그렇다면 그 소문은 진짜가 맞습니다."

"어째서냐?"

"한찬이 이백범법이어서 신라가 이미 지옥이지 않습니까."

보다 못 한 국숫집 주인이 나와서 허허거사에게 물 한 바가지를 퍼부었다.

"이놈아, 너한텐 덕담일지 몰라도 나한텐 악담이다! 장사 망칠 일 있느냐. 왔던 손님도 가기 전에 어서 꺼져라!"

그가 찬물을 끼얹자 허허거사가 "꽥!" 하고 이상한 비명을 지르

며 넘어졌다. 구경꾼들은 그 꼴을 보고 박장대소했다. 허허거사의 덕담 공연보다 더 큰 웃음소리였다.

허허거사는 잠시 축 늘어져 있더니 힘없이 일어나 자리를 떴다. 아무도 없는 골목으로 간 그는 젖은 옷을 비틀어 물기를 쥐어짰다.

"내게 욕하는 사람은 악의를 풀러 오는 자들이니 '악풀러'라고 해야겠다."

허허거사는 샘솟는 덕담 발상을 작은 서책에 적었다.

그 뒤로 고이랑과 철불가가 나타났다. 허허거사가 물을 맞은 이후 뒤를 밟은 것이다.

"그쪽이 허허거사요?"

"그렇소만?"

가면을 벗으니 소소생의 하얀 얼굴이 드러났다.

"여, 소소생, 오랜만이구나! 나 기억하지?"

철불가가 건치 미소를 선보이며 반갑게 인사했다.

소소생도 철불가를 보자 반사적으로 손을 들 뻔했다.

"어? 철……"

그러나 순간, 철불가의 두 손을 묶은 밧줄이 보였다. 엮이면 안 된다는 직감이 강하게 들었다. 소소생은 눈을 피하며 말했다.

"……저히 초면이신데, 누굴 찾으시는지요?"

그러나 사람의 습관이란 무서운 법이니.

"장보고는 개밥과 같고"

"그 자식도 개같이 생겼다."

철불가가 던지는 인사에 반사적으로 대꾸하고 만 것이다.

"방금 그건 습관처럼, 아니 그게 아니라 철불가에게 일종의 세뇌를 당해서 내뱉은 겁니다. 제가 해적이라서 한 게 아니라……."

소소생이 급히 항변하였으나 고이랑은 이미 칼을 꺼내 들었다.

"닥쳐라. 허허거사라 하여 인생의 허무와 공허를 깨달은 도사인 줄 알았더니 그저 연기를 잘하는 해적이었구나."

"저 녀석, 아마 자기가 하는 덕담에 사람들이 '허허허' 웃었으면 좋겠어서 지은 예명일 거요. 나름 덕담에 진심인 해적이거든."

철불가가 얄밉게 설명했다.

"해적이 아닙니다. 이젠 해명하는 것도 지겨워서 소소생이란 이름 대신 '허허거사'라는 이름을 쓰고 있을 뿐입니다."

소소생의 말에 고이랑은 엄한 표정을 지었다.

"기가 차서 '허!' 소리만 나오던데 사람들이 웃기를 바란 것이냐. 양심 없는 심보를 보니 네가 해적이 맞구나."

"게다가 이렇게 생겼지만 악명 높은 해적 덕담계의 두령이자 삼면총해적주라오."

철불가는 묶인 손으로 소소생의 봇짐을 잘도 뒤져서 지휘봉을 꺼냈다. 손잡이에 삼면총해적주라고 쓰여 있었다.

"주세요! 고래눈이 준 거란 말이에요!"

그 말에 놀란 고이랑이 소소생에게 물었다.

"고래눈이 바친 조공이라고? 네놈이 진정 삼면총해적주라는 말이냐? 그렇다면 이자는 철불가이자 백칠범법이 맞고?"

"백칠법법은 모르겠고, 이백칠법법쯤은 될 겁니다."

소소생이 툴툴거리며 흘겨보았다. 고이랑은 혼란에 빠진 얼굴이 되었다.

"이런 애송이가 전설의 해적……. 저자가 구주제일마귀……. 내가 알던 세상이 맞나 모르겠군."

"이제 알겠소, 내가 누군지? 이제 날 감옥에 데려가시오."

"대사의 명을 지키지 못하게 되었으니 철불가 네놈을 죽이고 삼면총해적주 소소생은 감옥에 가두는 수밖에 없겠구나."

고이랑이 근심 어린 표정으로 중얼거렸다.

"이보게, 고이랑, 좀 극단적인 거 아닌가. 좋게 좋게 다 같이 사는 수도 있을 것이네."

철불가의 얼굴이 하얗게 질렸다.

"아니. 당신은 사기를 치고 탐험을 포기하려 했으니 당장 목을 베어 바다에 버리고, 소소생은 옥에 가둬 평생 빛을 보지 못하게 할 것이오. 그런 후에 나도 무능함의 대가로 자결하겠소."

아무리 봐도 고이랑은 진심이었다. 고이랑은 철불가를 백 번은 죽이고도 남을 것이다. 철불가는 속사포처럼 말을 쏟아 냈다.

"생각해 보게. 나를 죽여서 득 될 게 뭐가 있나. 나라와 백성과 화랑의 이름에 득이 되면 당장 죽어도 할 말이 없네만. 자네의 작고 소중한 김 대사가 실망할 것이야. 차라리 전설의 해적 소소생과 나 철불가를 이용해서 김 대사의 명대로 이사부가 말한 물건을 찾아오는 게 낫지 않겠나?"

"네? 갑자기 무슨 소리예요. 제가 왜 철불가랑 김 대사의 명을 따라야 해요? 이사부는 또 뭐고?"

소소생이 표정을 구기며 철불가를 쳐다봤다.

"너, 너, 너! 말조심해! 저 녀석이 어떤 녀석인지 몰라서 그러나 본데 화랑 사이에서도 익힐 수 있는 자는 손에 꼽고, 그중에서도 완벽히 다루는 자가 없다는 난승 검법을 숨 쉬듯이 구사하는 놈이란 말이다, 저놈이! 마음만 먹으면 너나 나 같은 자들은 눈 깜짝할 새에 한 방에 콱이야, 콱!"

보기 드물게 하얗게 질린 철불가의 얼굴을 본 소소생도 그제야 상황의 심각성을 깨달았다.

"마, 맞아요! 뭔지 모르지만 얼음 도깨비와 금저의 재난도 해결한 삼면총해적주가 저입니다! 뭘 시켰는지 모르지만 철불가와 저, 그리고 고이랑까지 힘을 합치면 못 할 게 없습니다!"

"우리 소소생 말 잘한다. 넌 덕담만 아니면 말을 잘하는구나! 우리 셋이면 분명 훌륭한 탐험대가 될 걸세."

"그렇다 쳐도 배를 몰아야 탐험대를 꾸릴 것인데, 뱃사람이 없지 않소. 역시 지금 죽이는 게……."

"칼에서 손 떼시게! 내가 뛰어난 뱃사람이 있는 곳을 알고 있네."

철불가가 고이랑의 손을 잡고 만류했다.

고이랑은 귀가 쫑긋하였다. 그가 칼을 집어넣으며 물었다.

"거기가 어디요?"

안심이 됐는지 철불가가 알쏭달쏭한 말을 하며 빙긋이 웃었다.

"제일 가난하고 제일 먹고살기 힘든 곳!"

범이는 철불가와 소소생을 노려보았다.

고래눈과 범이는 약탈한 음식과 재물을 난민촌에 나눠 주고 있었는데 고이랑이 소소생과 철불가를 끌고 나타난 것이다.

"고, 고래눈……."

소소생은 고래눈을 보자 입에 풀이라도 발린 사람처럼 말을 잇지 못했다. 고래눈도 소소생을 보고 반가운 듯 미소를 지었다.

소소생은 철불가가 "고래눈이 너 좋아하는 것 아니냐?"라고 떠보자마자 탐험대에 고래눈을 영입하자는 제안에 찬성할 수밖에 없었다.

'고래눈이 날……?'

범이가 소소생의 들뜬 눈빛을 읽고 소소생과 고래눈 사이에 섰다. 키가 훌쩍 자란 범이가 소소생을 내려다보자 소소생은 어쩐지 자존심이 상했다.

"왜? 뭐?"

"저리 안 비켜?"

소소생과 범이가 유치하게 으르렁대는 사이, 고이랑이 칼을 꺼내 들었다. 철불가가 선원을 소개한대서 찾아왔건만 그게 해적 고래눈일 줄이야.

"철불가를 믿다니 내가 어리석었군……."

소소생의 외침에 고이랑이 칼을 거두었다. 고래눈은 부하들에게 다시 배식을 시작하라고 고갯짓했다.

"나는 화랑 고이랑이오. 탐험대가 될 뱃사람이 여기 있다고 해서 철불가를 따라왔소."

"탐험대?"

고래눈이 되물었다.

"김 대사께서 명한 것이 있소. 철불가가 탐험대를 꾸려서 이 목간에 나온 위치를 찾아가게 하는 것이 내가 받은 임무요."

고이랑이 철불가에게서 빼앗은 목간을 꺼내 보여 주었다.

"다른 이를 찾아보시오. 김 대사가 시킨 일은 하지 않겠소."

고래눈이 김 대사라는 말을 듣자마자 일언지하에 거절하고 돌아섰다. 철불가는 입이 근질근질해 죽겠다는 듯이 웃으며 끼어들었다.

"하, 이거 참, 김 대사가 말하지 말라고 했지만 결국 말해야겠구먼. 저 많은 난민들의 굶주림을 한 방에 해결할 비법이 여기 있는데. 그래도 안 들을 거야?"

철불가의 현혹에 고래눈이 발걸음을 멈췄다.

"실은 말이지. 김 대사가 내게 가라고 한 곳은 진주가 열리는 신비의 섬이라네. 이 목간에는 이사부가 거기에 갔다가 진주를 따 왔다는 기록이 있지만 일부 내용이 유실되었지. 김 대사가 나한테도 그 섬에서 진주를 한 자루 가득 캐 오라고 시켰다네."

고이랑도 놀라긴 마찬가지였다. 철불가가 임무를 완수하게 감시하라는 명을 받았을 뿐 자세한 이야기는 처음 들은 것이다.

진주 한 자루면 이곳의 난민들이 한동안 밥을 배불리 먹을 수 있을 터. 고래눈은 그제서야 목간을 찬찬히 살펴보았다. 목간에 검은 새와 기다란 지렁이 같은 줄이 열 개 그려진 것을 보고는 고개를 갸우뚱했다. 얼마간 그렇게 보고 있더니 조심스레 입을 뗐다.

"흠, 여기 그려진 검은 새와 구불구불한 선이 뭔지는 모르겠소만……. 여기가 어딘지는 알 것 같소."

"고이랑, 보시오! 고래눈이 최고의 뱃사공이라고 하지 않았소?"

고이랑은 철불가가 꼴보기 싫었지만 고래눈은 믿을 만해 보였다.

"고래눈, 진주알 섬의 탐험대가 되겠소?"

고이랑이 고래눈에게 물었다.

고래눈은 범이와 눈을 마주쳤다. 범이가 다녀오라고 고개를 끄덕였다.

"어디 한번 해 봅시다."

고래눈이 말했다.

6

 고래눈은 범이에게 난민을 살피는 일을 맡기고 고이랑의 탐험대에 합류했다. 고래눈의 해적선에 딸린 작은 배가 내려졌다.
 어느새 밤이 되고, 바람에 배가 순항을 시작하자 잠시 숨을 돌릴 틈이 났다. 소소생은 바닷바람이 추운지 철불가와 부둥켜안고 자고 있었고, 고이랑은 검을 휘두르고 있었다.
 "그쪽은 왜 김 대사 같은 자를 섬기는 거요?"
 "화랑이 나라의 뜻을 따르는 것은 당연하오. 무엇보다 나는 대사에게 목숨을 빚졌소. 그러니 목숨을 걸고 대사가 내린 임무를 완수해야 하오."
 "천하제일이라 불리는 난승 검법의 일인자가 주인을 잘못 만났군. 칼을 겨눠야 할 곳을 제대로 알지 못하면 그대의 실력은 오히려 화를 불러올 거요."

"해적에게 들을 말은 아닌 것 같소만."

"해적이니 할 수 있는 말이지. 그대의 검은 빠르지만 어딜 공격할지 너무 뻔하더군. 속임수와 배신이 난무하는 세상이니 어딜 겨눠야 할지 잘 생각해야 할 거요."

고이랑은 생각에 잠겼다.

고래눈의 하얀 머리카락이 나부꼈다.

"바람이 바뀌었군."

고래눈이 뱃머리로 가자 고이랑은 바다를 바라보았다. 고래눈은 다른 해적과 달라 보였다. 김 대사를 따르고 있긴 하지만 부정부패와 배신이 난무하는 조정을 보면 고이랑도 어쩔 수 없이 가슴이 답답했다.

고이랑은 고래눈의 충고를 곱씹었다. 언젠가 이 대화가 그의 발목을 잡게 될 줄은 모른 채.

그때였다. 바다에서 느닷없이 뾰족한 물체가 솟아올랐다.

"일어나시오! 이상한 것들이 배로 다가오고 있소."

고이랑이 소리쳤다. 그 소리에 소소생이 잠에서 깼다.

"무, 무슨 일입니까?"

"저것들 때문이다."

고이랑이 가리킨 뾰족한 물체들은 어느새 춤을 추듯 넘실거리며 다가와 배를 에워쌌다.

철불가가 눈곱을 떼면서 말했다.

"별것 아니네. 생선 지느러미잖아."

"저렇게 도끼날처럼 뾰족한 생선 지느러미 본 적 있소?"

고이랑이 묻자마자 물속에서 거대한 그림자가 고이랑을 향해 뛰어 올랐다. 악어처럼 생긴 주둥이가 고이랑보다 곱절은 커 보였다. 놈이 쭉 찢어진 입을 벌리자 목구멍에 소화가 덜 된 사람의 머리가 끼어 있는 것이 보였다.

"저건 거악이잖아요!"

소소생이 소리쳤다.

고이랑은 거악의 이빨을 피하며 눈을 찔렀다. 거악이 괴성을 지르며 다시 바다로 떨어졌다.

소소생이 시끄럽게 비명을 질렀다.

"으악! 징그러워!"

피 냄새가 퍼지자 거악들이 금세 빽빽하게 모여들었다.

"위험하오!"

고래눈이 돛에 연결된 밧줄을 당겨 뱃머리를 틀었다. 배가 기울어지자 소소생이 균형을 잡지 못하고 미끄러졌다. 소소생의 상체가 배 밖으로 나가자 거악 한 마리가 소소생의 머리를 노리고 뛰어올랐다.

"살려 주세요!"

거악의 날카로운 이빨이 소소생의 이마에 박히기 직전 고이랑의 칼이 거악의 주둥이를 갈랐다. 거악은 가죽이 찢기면서도 소소생의 머리를 깨물려고 턱을 움찔거렸다.

"으악!"

고이랑의 칼이 번쩍이며 거악의 머리를 순식간에 조각내었다. 고이랑은 소소생을 배 안쪽으로 끌어당겼다.

"고, 고맙습니다!"

"어서 출발하시오!"

고이랑이 고래눈에게 외쳤다.

하지만 배는 붙박인 듯 거악들 한가운데서 움직이질 않았다.

"하필 이런 때……. 바람이 멈췄소!"

고래눈이 필사적으로 손을 놀렸으나 돛은 잠잠했다. 배를 둘러싼 거악들이 이빨을 딱딱 부딪치며 다가왔다.

그 소리에 소소생은 무언가 떠오른 듯 봇짐을 필사적으로 뒤지기 시작했다.

"찾았다!"

표정이 밝아진 소소생이 지휘봉을 꺼내 흔들었다. 딸랑딸랑 고래 풍경 소리에 거악들이 몸을 틀었다.

"역시!"

소소생은 고이랑에게 가서 말했다.

"그 칼을 주십시오."

"무슨 소리냐. 목숨이 달린 상황에 칼을 내놓으라니!"

"거악은 쇠붙이 소리를 무서워합니다. 예전에도 쇳소리를 내서 거악을 쫓아낸 적이 있으니 칼을 빌려주십시오."

"그건 어찌 알아냈느냐."

"산해파리라는 해적에게 들었습니다. 시간이 없습니다! 어서!"

소소생이 다급하게 말했다. 고이랑이 계속 망설이자 철불가도 나섰다.

"고이랑, 걱정 말게. 소소생은 재미없는 소리를 해서 문제이지 거짓말은 하지 않네. 날 믿고 소소생이 하자는 대로 해 보게."

철불가는 자신이 나서면 더욱 신용이 떨어지는 것을 모르는 걸까. 고이랑은 상황이 급박하니 속는 셈 치고 소소생에게 칼을 내주었다. 여차하면 다시 칼을 빼앗을 요량이었다.

소소생은 지휘봉과 고이랑의 칼을 부딪혀서 챙챙챙 쇳소리를 냈다. 그 소리에 거악들이 괴로워 몸부림쳤다.

'효과가 있다! 역시 삼면충해적주라는 이름이 괜히 붙은 게 아니었나.'

고이랑은 소소생을 쳐다보았다. 소소생이 내는 쇳소리에 거악들이 점점 배에서 멀어졌다.

"거악들이 도망쳤다······."

철불가가 돛대를 붙잡고 주르륵 미끄러져 내렸다.

"이사부가 괴물 여럿을 만났다고 쓴 말이 참이었군."

"여기, 감사합니다. 혹시 칼날에 흠집이 생기진 않았을까 걱정입니다."

소소생은 고이랑에게 칼을 조심스레 돌려주었다.

"괘, 괜찮네."

고이랑이 점잖게 칼을 받아 들었다. 그러더니 뒤돌아서는 이가 나가진 않았는지 칼집에 금 간 곳은 없는지 샅샅이 살폈다. 칼이 무사한 것을 확인한 고이랑은 그제야 개운한 듯 웃었다.

"다친 곳은 없느냐?"

고래눈이 소소생에게 물었다.

"저, 저를 걱정해 주시는 겁니까? 전 괜찮습니다. 하하하."

소소생은 입을 헤벌쭉 벌리고 웃었다. 하지만 거악의 이빨에 스친 상처에서 피가 줄줄 흘렀다.

"피! 피! 소소생, 너 곧 죽을 거 같아!"

철불가가 얄밉게 호들갑을 떨었다.

"기다려 보거라."

고래눈이 차고 있던 주머니에서 연고를 꺼냈다.

"이것을 바르면 상처가 아물 것이다."

고래눈은 소소생의 이마에 난 상처에 연고를 발라 주었다. 고래눈의 얼굴이 가까워지자 소소생은 얼굴이 빨갛게 달아올랐다. 심장도 거세게 뛰었다.

"소소생 얼굴이 핏빛이 되었네. 왜 그럴까."

철불가는 음흉한 웃음을 지으며 소소생을 놀려 댔다.

소소생은 철불가를 흘겨보았다. 고래눈이 망토 자락을 부욱 찢어서 소소생의 머리에 감아 주었다.

"저기, 고래눈……. 진주를 얻으면 무얼 하실 겁니까?"

"진주가 필요한 이들에게 줄 거다."

"혹시 말입니다. 진주가 아주아주 많아서 좀 남으면요?"

"글쎄……."

고래눈은 소소생의 상처에 천을 감느라 여념이 없었다.

"해적계에서 은퇴하고 평화롭게 살아갈 생각은 없으십니까? 이를테면, 저와 같이……."

"음? 뭐라고?"

소소생이 무슨 말을 한 건지 놓친 고래눈이 큰 눈을 깜빡였다. 고래눈이 소소생을 빤히 보았다.

"그것이, 그러니까 저와……."

소소생이 버벅거리자 옆에서 보던 철불가가 갸륵한 미소를 지었다. 소소생은 철불가에게 도와달라는 눈빛을 보냈다.

철불가가 빙긋 웃었다.

"저어언에 받았던 지휘봉 이야기였어. 그렇지, 소소생?"

"맞아요! 지휘봉! 참 단단하고 좋네요."

소소생은 괜시리 품에서 삼면총해적주 지휘봉을 꺼내서 흔들었다. 그 순간 빠각 소리가 나며 손잡이에 길게 금이 갔다.

"거악을 쫓아내려고 소리를 낼 때 금이 생겼나. 범이를 시켜서 고쳐다 주겠다."

고래눈은 지휘봉을 받아서 자리를 떴다.

철불가가 소소생의 어깨를 툭 쳤다.

"너, 나한테 빚진 거다?"

소소생은 고개를 푹 숙였다.

새벽 동이 텄다. 배가 부연 해무를 가로질러 해가 뜨는 방향으로 움직였다. 구름 속을 지나는 듯 평화로웠다.

얼마 가지 않아 멀리서 깍깍 까마귀가 우는 소리가 들렸다.

"뭐야, 재수 없게……."

철불가가 중얼거린 뒤 침을 탁 뱉었다. 해무를 벗어나자 저 멀리 수면 위에 원을 그리며 나는 까마귀 떼가 보였다.

"까마귀는 영리한 동물인데 저리 우는 걸 보면 저기에 뭔가 있는 것 같군."

고래눈이 말했다. 소소생과 고이랑 일행은 까마귀 떼를 불안한 얼굴로 쳐다보았다. 가까이 다가갈수록 까마귀들 아래 바닷물이 점점 시커멓게 보였다.

배가 까마귀들에 가까이 갈수록 고이랑과 고래눈의 얼굴에 긴장감이 서렸다. 철불가만 그러거나 말거나 알 바 아니라는 표정으로 태평하게 누워 있었다.

이윽고 새까만 바닷물에 뱃머리가 닿았다.

"꼭 먹물 같네요?"

소소생이 말하는 순간, 폭발하듯 파도가 높이 일더니 배가 뒤집혔다. 바닷속에서 빨판이 달린 거대한 다리가 튀어나와 배를 휘감았다. 고래눈과 고이랑, 철불가는 밧줄과 돛대를 잡고 매달렸다. 소소생도 배에서 추락하다가 가까스로 밧줄을 잡았다.

뒤집힌 배 밑에서 거대한 괴물 오징어가 머리를 내밀었다.

"남어!"

고래눈이 소리쳤다. 불현듯 목간에 있던 그림이 머리에 스쳤다.

"검은 새와 구불구불한 선 열 개! 까마귀와 남어의 다리를 가리키는 거였어."

어느 선원이 이르길 바다에 먹물이 퍼지면 그곳에 오징어가 있다는 것을 안 까마귀들이 오징어를 잡으러 모였다고 한다. 남어는 이를 이용해 일부러 먹물을 뿌려 놓고 까마귀들이 가까이 다가오면 이들을 휘감아 사냥하는 놈이었다. 하필 소소생과 고이랑 일행이 탄 배가 그 근처를 지나다 남어의 다리에 걸린 것이다.

남어는 점액이 묻어나는 거대한 다리를 이리저리 꿈틀거리며 소소생과 고이랑, 고래눈, 철불가를 잽싸게 한 명씩 휘감았다.

고이랑과 고래눈은 몸이 묶이기 전에 칼로 남어의 다리를 베어 냈다. 순식간에 남어의 두꺼운 다리 두 개가 조각이 났다.

"나도 살려 줘! 고이랑! 고래눈!"

철불가가 남어의 다리에 붙잡힌 채 고래고래 소리를 질렀다. 남어도 거슬렸는지 철불가를 좌우로 패대기쳤다. 철불가는 세상이 빙글빙글 돌아가는 것 같았다.

"살……려 줘! 살려…… 달라고! 꽥!"

천하의 철불가도 버티지 못하고 끝내 기절하고 말았다.

배 위에 가뿐하게 착지한 고래눈은 소소생을 찾았다.

가장 저항이 덜한 소소생은 이미 남어의 입 언저리에 있었다. 거품을 물고 기절한 모양이었다. 이대로 두면 저놈이 소소생을 잘근잘근 씹어 버릴 것이다.

마침 멀리 떨어졌던 고이랑도 배에 올라왔다. 고래눈이 심각한 표정으로 말했다.

"힘을 빌려주겠소?"

"화랑 보고 해적을 도우란 거요?"

"죽어 가는 사람을 구할 수 있다면 난 누구의 손이든 잡을 수 있소."

고이랑은 허를 찔린 듯 입을 다물었다.

"알겠소. 바다 위는 저놈이 휘적거리는 다리 탓에 공격이 쉽지 않으니 물 밑에서 몰래 공격하는 게 낫겠군."

고이랑은 이렇게 말하고 먼저 바다로 뛰어들었다. 고래눈도 단검을 하나 꺼내 입에 물고 몸을 던졌다.

바닷물은 남어가 뿌린 먹물로 한 치 앞도 보이지 않을 만큼 탁했다. 고래눈은 눈을 감고 몸에서 힘을 뺐다.

서서히 바닷물의 흐름이 느껴졌다. 피부에 와 닿는 물결에서 남어가 움직이는 모습이 선명히 그려졌다.

앞에서 요동치는 거센 물살이 하나. 고래눈은 정면을 향해 칼을 휘둘렀다. 댕강. 고래눈을 붙잡으려고 돌진하던 남어의 다리 하나가 잘려 나갔다.

쿠어어어억.

남어가 괴성을 지르며 몸을 뒤틀었다. 고래눈은 날뛰는 다리를 피해 몸통으로 헤엄쳐 갔다. 시커먼 먹물 너머 쿵쿵쿵 빠르게 뛰는 고동이 느껴졌다.

'저기가 심장이다!'

남어의 몸통은 반투명하여 내장이 훤히 보였다.

'이래서 먹물로 몸을 가리고 있었구나.'

고래눈은 입에 물고 있던 오합도를 손에 쥐었다.

남어는 그 와중에도 철불가와 소소생을 입으로 가져갔다. 남어의 날카로운 이빨이 소소생의 목을 깨물려는 찰나…….

바다 밑에서 고래눈이 남어의 심장에 칼을 찔러 넣었다.

남어의 심장에서 시퍼런 핏물이 솟구쳤다.

'됐다!'

그 순간 남어의 제일 기다란 다리가 채찍처럼 날아들어 고래눈을 수면 위로 튕겨 올렸다.

"커헉!"

날려 가는 고래눈의 시야에 칼이 박힌 심장 뒤로 펄떡이는 두 개의 심장이 보였다.

'이럴 수가!'

남어가 공중에 뜬 고래눈을 움켜쥐었다. 뾰족한 입에서 괴상한 소리가 터져 나왔다. 고래눈은 뼈가 부스러지는 듯했다.

고래눈이 남어의 심장을 찌르는 것을 본 고이랑이 수면 위로 고개를 내밀었다. 고래눈이 온 힘을 짜내 소리쳤다.

"고이랑! 오징어는 심장이 세 개요!"

고이랑은 지체 없이 숨을 깊이 들이쉬고 다시 바다 밑으로 들어갔다.

'철불가, 소소생, 고래눈을 잡은 다리가 셋. 아까 베어낸 다리가 셋. 이제 남은 다리는 넷뿐이다!'

고이랑은 고래눈처럼 눈을 감고 먹물과 바닷물을 느꼈다. 가벼운 바닷물과 무겁고 느린 먹물이 섞이지 않고 흘렀다. 물의 흐름 사이에서 잘린 다리와 움직이는 다리가 머리에 그려졌다.

남어의 남은 다리 중 가장 긴 다리가 고이랑에게 먼저 꽂혔다. 고이랑이 떠다니던 다리 조각을 톡 차며 순식간에 번개 같은 빛으로 변했다. 번쩍이는 빛의 칼날이 날아드는 다리에 가 박혔다. 그대로 다리를 타고 달리며 남어의 심장으로 전진했다. 고이랑이 지나간 자리로 남어의 다리가 길게 죽 갈라졌다.

몸통에 박혀 있는 오합도의 단검이 보였다. 그 옆에서 심장 두 개가 펄떡이고 있었다.

이제 남은 다리가 전부 고이랑을 추격해 왔다. 하지만 고이랑의 칼날이 먼저였다. 고이랑의 칼이 번쩍 빛을 내며 남어의 심장 두 개를 반으로 갈랐다.

심장에서 새파란 핏물이 뿜어져 나왔다. 파란 핏물은 먹물과 뒤섞여 바다로 흩어졌다.

꾸어어어어어억.

남어는 괴성을 지르며 다리에 쥐고 있던 철불가와 소소생, 고이랑을 내던져 버렸다. 남어가 몸부림칠수록 심장에서 피가 울컥울컥 빠져나갔다. 얼마 안 가 남어는 몸을 축 늘어트렸다.

7

"고래눈, 빨래 너는 것도 아니고 뭐 하는 거냐?"

철불가가 질색을 하며 물었다. 고래눈이 남어의 다리 조각을 배 여기저기에 널어놓은 것을 보고 한 말이었다. 고래눈은 죽은 남어의 다리를 썰어서 챙겼다.

"문어와 오징어는 구워 먹어도 맛있지만 말리면 가지고 다니기도 수월하지. 남어도 오징어와 비슷한 괴물이니 좋은 식량이 될 게 분명하오."

고래눈이 커다란 다리를 뭉텅뭉텅 썰고는 장화에서 작은 상자를 꺼냈다. 상자 속에는 불이 붙은 아주 작은 나뭇조각이 있었다. 작디작은 불꽃이 흔들흔들 일렁이는 모습이 마치 살아 있는 생물처럼 보였다.

"이건 뭐요?"

고이랑이 눈을 크게 뜨고 물었다.

"도깨비불이오. 다 자라면 사람을 집어삼킬 만큼 크지만 이놈들은 아직 새끼라오. 날것을 익히거나 간편하게 불을 지필 용도로 상자에 넣어 다니곤 하지."

고래눈은 도깨비불로 화로에 불을 붙여 남어 다리 조각을 굽기 시작했다. 가쁜 전투로 배고픈 줄 몰랐던 고이랑도 고소한 냄새에 침이 고였다.

"그 괴물을 먹는다고? 웩. 난 천성이 고급이라 비위 상해서 못 먹을 듯하군."

고래눈은 줄 생각도 없는데 철불가가 표정을 팍 구기며 혼자 고개를 저었다.

고이랑은 촐싹대는 철불가를 보며 '정말 저자가 진짜 구주제일마귀가 맞을까?' 의구심이 들었다.

"먹어 보시오."

고래눈은 구운 남어 다리를 하나씩 나눠 주었다. 소소생은 아까 붙잡혔던 미끈거리는 다리의 감촉과 눈앞에서 꿈틀거리던 이빨이 떠올라서 입맛이 싹 가셨다.

하지만 고래눈이 준 음식을 사양하기는 싫었다. 소소생은 시장이 반찬이라는 말을 떠올리며 눈 딱 감고 한 입 베어 물었다. 노릇하게 구워진 다리가 혀에 닿자마자 짭짤한 육즙이 베어 나와 간은 딱 맞았고, 쫄깃쫄깃한 살점이 씹는 맛도 좋았다.

"오, 맛있다!"

감탄을 뱉은 소소생은 언제 먹기 싫었냐는 듯 남어 다리를 허겁지겁 먹어 치웠다. 그 모습에 고이랑도 긴가민가하며 꼬치를 집어 들었다.

"으음……!"

입을 꾹 다물고 있던 고이랑도 눈을 반짝 빛내며 소소생보다 속도를 높여 남어 다리를 집기 시작했다.

든든하게 배를 채웠을 무렵, 멀리 섬의 흐릿한 형체가 보였다.

"저기 섬이 있소!"

고이랑이 외쳤다.

고래눈은 서둘러 배를 몰았다. 섬은 커다란 돌산으로 이루어져 있었고, 사람이 산 흔적이 보이진 않았다. 그런데 돌 사이사이 멀

리서도 눈에 띌 만큼 커다란 꽃이 피어 있었다. 화려한 색상의 꽃잎이 사람 얼굴만 했고, 꽃술이 있어야 할 자리에 하얀 진주가 알알이 박혀 있었다.

철불가는 진주를 보고 잇몸을 드러내며 환하게 웃었다.

"드디어 목적지에 도착했군. 여기가 이사부가 보았다는 진주알 섬이다, 하하하!"

진주알 섬은 반나절이면 한 바퀴를 다 돌아볼 수 있을 정도로 작았다. 배를 대자 일행들은 하나둘 섬에 발을 디뎠다.

"드디어 대사께서 내린 임무를 완수하게 되었구나."

고이랑은 가슴이 벅찼다. 고이랑은 쓰고 있던 관모를 벗어서 그 안에 진주알을 담았다.

고래눈은 진주알을 하나 따서 손바닥에 올려 보았다. 그간 노략질을 하며 보아 온 진주와 사뭇 달랐다.

"표면이 균일하지 않고 광택이 없군. 최상품은 아닐 듯하오."

'겉은 고상한 귀족처럼 보여도 남의 다리를 거리낌 없이 잘라 먹는 행태나 보물을 감별하는 눈을 보면 천생 해적이로군.'

고이랑이 고래눈을 보며 생각했다.

철불가가 후후후 웃으며 두 손을 비볐다. 그러고는 주변을 둘러보더니 나뭇가지를 가져와 땅을 파기 시작했다. 나중엔 두 손이 더럽혀지는 것도 마다하지 않고 땅을 파는 데 열중했다.

소소생은 진주알을 한 움큼 집어서 봇짐에 넣었다.

"철불가, 진주는 안 챙기고 뭐 하시는 겁니까?"

철불가는 진주알이 달린 꽃을 뿌리째 뽑아서 어깨에 졌다.

"진주알 몇 개만 따 가면 무얼 하겠느냐. 해적답게 배포를 키워야지. 뿌리째 가져가서 땅에 심으면 끊임없이 진주알을 수확할 수 있지 않겠니."

철불가는 진주알 꽃을 뿌리가 상하지 않게 조심스레 배에 옮겼다. 그러던 중 고래눈이 먹으려고 잘라 온 오징어 입을 보고는 거기에 멋대로 섬의 흙을 퍼서 진주알 꽃을 옮겨 심었다.

"고래눈! 고이랑! 어서 출발하세! 뿌리가 마르기 전에 신라로 돌아가야 해. 소소생, 너도 괜히 얼쩡거리지 말고 배에 타거라."

소소생은 철불가의 끝없는 탐욕에 대해 생각했다. 철불가 안에서도 무수히 많은 진주알 꽃처럼 탐욕의 꽃이 끊임없이 피어나는지도 몰랐다. 상상 속 꽃밭에 누운 철불가가 소소생에게 한쪽 눈을 찡긋하였다.

"으으, 싫어."

소소생은 상상만으로도 치가 떨려 몸서리를 쳤다.

고래눈은 두르고 있던 망토를 벗어서 펼쳤다. 거기에 진주알을 한 아름 담아 봇짐처럼 만들어 몸에 둘렀다.

"출발하겠소."

고래눈이 배로 돌아와 외쳤다. 고이랑과 소소생도 배에 올라탔다. 그렇게 그들의 배는 진주알 섬을 떠나 신라로 다시 출발했다.

네 사람이 탄 배는 순풍을 맞으며 순조로이 항해했다. 어느새 배를 띄웠던 항구가 가까워졌다.

그럴수록 고이랑의 갈등은 깊어졌다. 처음엔 임무를 완수했다는 생각에 뿌듯했다. 하지만 점점 해적들을 어찌 해야 할까 갈등됐다. 원리 원칙대로 살아온 고이랑에게 해적들과 협력하여 진주알을 구해 온 탐험은 인생을 뒤흔드는 경험이었던 것이다. 그가 받들어 온 원칙으로는 배에서 내리자마자 저들을 대사에게 데려가 옥에 가둬야 했다.

'하지만……'

고이랑은 고래눈과 소소생을 쳐다봤다.

'고래눈은 해적이지만 관청의 높은 이들보다 백성을 살핀다. 소소생은 악랄한 삼면총해적주로 알려져 있지만 존재감이 일반 백성보다 미미하다. 이들을 조정에 데려가야 하는가. 아니면 진주만 가져가야 하는가.'

고이랑은 관모에 담은 진주알을 보며 생각에 잠겼다. 김 대사가 있는 관청에 도착할 때까지 결정을 미루고 싶었다.

눈치 빠른 철불가가 고이랑의 속내를 알아채고 곁에 앉았다.

"고이랑, 인생은 아주 간단해. 옳고 그른 것의 기준은 실은 마음에 있거든."

"하고 싶은 말이 뭐요."

"그러니까, 김 대사가 내린 임무를 떠올려 보게. 김 대사가 우리를 잡아오라고 했나? 탐험에서 진주만 잘 챙겨 오라고 하지 않았나? 그럼 진주만 잘 들고 가면 자네의 고매한 충심도 지키고, 우리도 사는 길 아닌가."

고이랑은 김 대사가 했던 말을 떠올렸다.

"그거였군. 이제야 답을 얻었다!"

고이랑이 환하게 웃자 철불가도 안도하였다.

"그렇지, 아주 말이 안 통하는 외골수는 아니었구면."

철불가의 손에 밧줄로 만든 족쇄가 채워졌다.

"대사의 명은 보물을 찾아오라는 것이었지. 하지만 네가 보물을 갖고 내빼려고 하거든 처형하라는 말도 덧붙이셨다."

처형이라는 말에 철불가의 표정이 점점 어두워졌다.

"……그 말대로 네놈의 목숨을 빼앗는 것이 맞으나 그때는 대사가 네 정체를 모르셨던 점을 감안해 대사께 널 잡아 바치고 어찌할지 여쭙겠다."

살려 둔다는 소리인가 싶어 철불가의 얼굴이 다시 환해졌다.

"……거기에 고래눈과 소소생은 해당하지 않으니 풀어 주마. 다만, 다음에 또 마주친다면 너희도 붙잡아 대사에게 바치겠다."

"엥? 왜 나만!"

철불가의 얼굴이 다시 어두워졌다. 반대로 고이랑은 묵은 체증이 내려간 것처럼 개운해 보였다.

"아니, 고이랑, 내 말은 그게 아니라……."

고이랑은 환하게 웃으며 철불가의 벌린 입에 재갈을 물렸다.

황당함으로 크게 떠진 철불가의 눈에 문득 쏟아지는 화살이 비쳤다.

"조심하시오!"

고래눈의 외침에 고이랑이 재빨리 칼로 떨어지는 화살을 쳐 냈다. 고래눈도 오합도를 꺼내 화살을 튕겨 냈다. 소소생은 아무 판자나 덮어쓰고 화살의 진원지를 찾았다.

"저쪽이에요!"

여러 척의 전함에서 병사들이 화살을 쏘고 있었다. 순식간에 전함이 소소생 일행이 탄 배를 둘러쌌다. 전함에 탄 병사들이 그들에게 활을 조준했다.

고이랑이 외쳤다.

"누구냐! 나는 화랑 고이랑이다. 김 대사의 명을 받아 탐험을 떠났다가 해적 철불가를 잡아 돌아가는 길이다! 누가 감히 나를 공격하느냐."

대답이라도 하듯 전함의 뱃머리에 누군가 모습을 드러냈다.

김 대사였다.

현자 같은 노인을 뽑아 탐험대로 보냈던 날 밤. 김 대사는 알 수 없는 찜찜함에 잠을 이룰 수 없었다.

"뭐가 이리 마음을 불편하게 한단 말인가."

무언가 잘못되었다. 대체 무엇일까.

"큰 일을 보고 손을 안 씻었나? 아니면 떼어먹힌 재물이라도 있었나……?"

 아무리 생각해도 떠오르지 않았다. 잠을 청하려 눈을 감아도 불쾌한 기분에 휩싸여 금방 눈이 떠졌다. 문득 노인이 오른발을 절다가 왼발을 절었던 모습이 선명하게 그려졌다.

 금목걸이를 받고 돌아서는 노인의 얼굴이 천천히 떠올랐다. 파뿌리처럼 긴 수염 사이로 보였던 날렵한 턱선. 노인이라고 하기엔 지나치게 긴 팔다리. 조막만 한 얼굴.

 찜찜해진 김 대사는 부하에게 탐험대로 보냈던 노인을 뒷조사하라 시켰다. 그랬더니 다음날 부하가 해적 세 명을 붙잡아 왔다.

 "대사, 이놈들이 그 노인에 대해 드릴 말씀이 있답니다."

 고이랑의 난승 검법에 당한 철불가의 가짜 부하들이었다.

 "그 노인이 금을 줄 터이니 부하인 척해 달라 하였습니다."

 "그런데 치사하게 금도 안 주고 사라졌지 뭡니까."

 "우리를 쓰러트린 화랑에게 자신이 구주제일마귀라는 둥 어쩌고저쩌고했습니다."

 김 대사는 그제야 불쾌한 찜찜함의 원인을 깨달았다.

 "철불가! 그 노인이 철불가였어!"

 사람을 믿지 않는 탓에 노인에게 고이랑을 감시로 붙여 보낸 것이 천만다행이었다. 안 그랬으면 철불가한테 사기당했다는 소문만 퍼져서 비웃음을 샀을 것이었다.

 김 대사는 남은 재산을 퍼부어 사병들을 모으고 배도 여러 척 준비해 바다로 나왔다.

그리고 항구로 들어오는 철불가와 고이랑이 탄 배를 발견해 공격을 명한 것이다.

고래눈과 소소생, 철불가는 김 대사의 배로 끌려왔다. 셋은 밧줄로 손발이 묶인 채 나란히 꿇어 앉았다.

김 대사가 그들이 챙겨온 진주알을 보고 히죽히죽 웃었다.

"내 보물을 드디어 찾았구나!"

"김 대사, 사실 나는 자네가 탐험대로 보낸 노인의 손자거든. 잠깐 들러서 도와준 것뿐이야. 그러니 난 보내 주게."

철불가가 어김없이 거짓말을 시작했다.

"시끄럽다! 네놈이 진짜를 찾아왔는지 가짜를 가져와서 사기를 치는지부터 확인하겠다."

김 대사는 병사 하나에게 말했다.

"따뜻한 꿀물을 한 사발 가져와라."

병사가 대접에 꿀물을 담아 왔다. 달콤한 향이 선실을 채웠다.

"오, 벌꿀 향이 아주 좋아. 옛 백제의 왕자가 왜에 양봉 기술을 전수해 줬다지?"

철불가가 콧구멍을 벌렁거리며 아는 체했다.

"철불가 조용히 좀 하세요. 김 대사 신경 긁어서 뭐 하게요."

소소생이 철불가를 말렸다. 지금 김 대사의 주의를 끌어서 좋을 게 없었다.

김 대사는 철불가가 가져온 진주알을 하나 집어 꿀물에 넣었다. 진주알이 꿀물에 가라앉는가 싶더니 물 위에 동동 떠올랐다.

"새로운 진주 감별법인가?"

"정신 사나우니까 닥치거라."

김 대사가 버럭 화를 냈다.

얼마 뒤 진주알이 쪼오옥 꿀물을 흡수했다.

"음? 진주가 물을 먹기도 하나……?"

철불가는 기이한 현상에 입을 다물고 진주알을 쳐다봤다. 고이랑도 고래눈도 소소생도 눈이 빠져라 진주알을 바라봤다.

대접에 찰랑이던 꿀물이 한 방울도 남김없이 진주알에 흡수되었다. 곧 진주알이 뽀각 소리를 내며 쪼개졌다. 그 안에서 반질반질 윤이 나는 콩알 같은 벌레가 기어 나왔다.

크앙 크앙. 소리를 내는 것이 익숙한 생물이었다.

"흑갑신병?"

소소생이 제일 먼저 알아보고 탄식처럼 중얼거렸다.

"진주알이 아니라 흑갑신병의 알이었던가."

고래눈은 재빨리 상황을 파악하고 말했다.

"그래, 이사부의 목간에는 기록이 더 있었다. 섬에서 따 온 진주알을 따뜻한 꿀물에 넣었더니 벌레가 나왔다는 거였지."

김 대사가 음험하게 웃었다.

8

장동이 명주문고에서 발견한 이사부의 목간에는 이렇게 쓰여 있었다.

이사부는 우산국을 정벌하러 갔다가 회오리바람에 휘말렸다. 때문에 우산국에서 멀어져 신비로운 돌섬에 가게 되었다. 이사부는 섬에서 진주가 열리는 꽃을 발견하였다.

진주를 몇 개 챙긴 이사부는 부하들과 몸을 녹이려 꿀물을 마셨다. 이때 우연히 진주알이 꿀물로 떨어졌고, 진주알이 깨지더니 안에서 검은 벌레가 나왔다.

검은 벌레는 콩알처럼 작고 껍질은 반짝반짝 윤이 났으며 아주 단단했다. 부하가 손으로 눌러 죽이려 했는데 손끝이 따끔하더니 벌레가 사라지고 없었다.

부하는 그날 밤 시름시름 앓다가 피를 토하고 죽어 섬에 묻은 뒤 이사부는 다시 길을 떠났다.

장동은 이 기록으로 보아 이사부가 찾은 진주가 실은 흑갑신병의 알인 것 같다고 하였다. 김 대사는 과거 소소생이 지귀로 변하던 날 간신히 찾은 흑갑신병 떼가 커다란 나비로 변해서 날아가 버린 것을 아직도 아까워하고 있었다. 만일 이사부의 진주가 흑갑신병의 알이 맞고 이를 찾기만 하면 최고의 병력을 갖게 될 터.

김 대사는 이 사실을 아무에게도 알리고 싶지 않았다. 그는 목간에서 흑갑신병을 묘사하는 내용만 따로 보관했다. 그런 뒤 탐험대를 꾸리고 내용이 소실된 척 나머지 목간을 철불가에게 넘겨준 것이다.

김 대사의 말을 들은 소소생은 거악을 떠올렸다. 진주알 섬 주변에 거악이 있었던 것은 어쩌면 흑갑신병이 살았던 죽도와 지리적인 환경이 비슷해서였을까.

"도대체 이렇게까지 하는 이유가 뭐요?"

고래눈이 김 대사에게 물었다.

"나를 이렇게 무너뜨린 거지 같은 놈들에 대한 복수! 그리고 그걸 이룰 수 있는 힘. 내가 원하는 것들을 흑갑신병만 있으면 이룰 수 있다. 절대 배신하지 않고 내 말만 듣는 완벽한 군사! 그게 흑갑신병이다. 하하하."

김 대사가 탐욕에 젖은 얼굴로 말했다.

"흑갑신병의 알도 구했으니 저것들은 필요 없다. 목을 베어라."

김 대사의 명에 병사들이 일제히 칼을 꺼냈다. 그 순간 선실 밖에서 고함 소리가 들리더니 배가 크게 기울어졌다. 나란히 묶여 있던 소소생, 철불가, 고래눈도 몸이 기우뚱 흔들렸다.

김 대사는 엉덩방아를 찧으며 넘어져 구석으로 굴러갔다.

"이런 젠장! 무슨 일이냐?"

병사 하나가 바깥 상황을 확인하더니 외쳤다.

"장 낭자입니다!"

"뭐?"

김 대사는 부화한 흑갑신병을 유리병에 담은 뒤 선실 밖으로 갔다. 고이랑과 고래눈, 철불가도 김 대사를 따라 갑판으로 올라갔다. 비가 세차게 쏟아지고 거센 바람에 눈을 뜨기 힘들었다. 멀리서 하얀 용처럼 기다란 것이 꾸물거리며 다가오고 있었다.

"장 낭자다!"

"장 낭자가 지옥에서 돌아왔다!"

"백룡으로 환생해서 왔다!"

병사들이 소리쳤다. 그들이 백룡이라고 부르는 것은 회오리바람이었다. 이맘때면 동해에 발생하는 회오리바람을 본 뱃사람들이 백룡으로 환생한 장보고의 딸 장 낭자가 해적들에게 복수하러 왔다고 생각한 것이다.

"저것들은 해적도 아니면서 왜 장 낭자를 두려워하는 거야?"

철불가는 한심하다는 듯 고개를 절레절레 저었다.

"마음만은 누구보다 해적 같았나 보죠."

소소생이 대꾸했다.

"이 틈에 달아납시다."

고래눈은 전함에 있던 비상용 배를 몸으로 밀쳐 내렸다. 배로 뛰어내리려 할 때 병사 하나가 이를 알아채고 외쳤다.

"해적들이 달아난다! 놈들을 잡아라!"

병사들이 정신을 차리고 철불가와 소소생, 고래눈 주위로 몰려들었다. 그러나 막상 포위하고 보니 삼면총해적주와 구주제일마귀, 천하제일검이 한데 모여 있는 꼴이었다. 병사들이 잠시 주춤하는 듯하자 철불가가 갑자기 이상한 춤을 추더니 병사들에게 소리쳤다.

"이놈들! 백팔괴담도 모르느냐? 백칠범법 구주제일마귀가 바로 나다! 장 낭자가 환생한 백룡이 나를 잡으려고 나타났으니 이제 곧 이 배를 덮치겠구나."

"지, 진짜 네놈이 백팔범법이냐?"

제일 앞에 선 병사가 물었다.

"방금 내가 춘 춤이 지옥으로 통하는 문을 열었다! 이제 백룡과 함께 지옥으로 들어가겠다!"

철불가는 또다시 해괴망측한 춤을 추었다. 손발이 묶여 있으니 철불가의 몸짓이 더욱 이상하게 보였다. 병사들은 두려움에 떨며

칼을 겨누기만 할 뿐 섣불리 공격하지 못했다.

"속지 말아라! 저놈이 하는 말은 다 거짓이다! 당장 죽여라!"

김 대사가 비바람 속에서 소리쳤다.

순간 성큼 다가온 회오리바람이 배를 크게 흔들었다. 다들 중심을 잃고 넘어질 때 고래눈이 쓰러지는 척하며 고이랑에게 달려들었다.

"무슨 짓이냐!"

고이랑은 칼을 겨눴다. 고래눈은 고이랑의 칼을 이용해 손에 묶인 밧줄을 끊었다. 고이랑이 공격하도록 유도해서 밧줄을 잘라 낸 것이다. 고래눈은 두 손이 자유로워지자 소소생과 철불가의 밧줄도 풀어 줬다.

"멈춰라!"

고이랑이 고래눈과 소소생, 철불가에게 달려왔다. 그러나 풍랑에 배가 반대편으로 크게 기울었다.

"지금!"

고래눈이 소리쳤다. 셋은 마치 짠 듯이 고래눈은 동쪽으로, 소소생은 서쪽으로, 철불가는 남쪽으로 동시에 달아났다.

"이런……!"

고이랑은 순간적으로 누구부터 쫓아야 할지 망설였다. 그는 본능이 시키는 대로 몸을 날렸다. 고이랑은 순식간에 철불가를 따라잡아 넘어뜨렸다.

서쪽으로 달린 소소생은 앞으로는 배 난간에, 뒤로는 병사들에

가로막힌 참이었다. 궁지에 몰린 소소생의 뒤에서 고래눈의 목소리가 들렸다.

"소소생! 뛰어라!"

병사들이 달려들자 소소생은 망설임 없이 배에서 뛰어내렸다. 첨벙. 바닷물로 떨어진 소소생에게 밧줄이 날아왔다.

"잡아!"

고래눈이었다. 고래눈은 바다에 내렸던 비상용 배에 타고 있었다. 소소생이 밧줄을 잡자 고래눈이 줄을 당겨 배로 끌어 올렸다.

"저놈들이 달아나잖아! 어서 잡아 죽이란 말이다!"

김 대사가 고래눈과 소소생을 보고 약이 바짝 올라 소리를 질렀다.

고래눈은 돛을 펼쳐 회오리바람 속에서도 배의 방향을 잡았다. 두 사람이 탄 배는 전함에서 빠르게 멀어져 김 대사의 시야에서 사라졌다.

회오리바람이 멎자 고이랑은 철불가를 선실로 끌고 갔다.

"대사, 철불가를 잡아 왔습니다."

"이놈뿐인가?"

"면목 없습니다."

고이랑이 고개를 조아렸다.

"달아난 놈들을 추적해라."

"예."

고이랑은 김 대사에게 인사를 하고 자리를 물러났다.

"저런 충직하고 바른 인물이 대사를 따른다니 믿기지 않는군."

철불가가 진심으로 의아한 얼굴로 말했다.

"이 비장이 거둔 녀석인데 그것도 모르고 내게 충성을 다하고 있지."

김 대사가 말했다.

"오. 이 비장은 잘 지내나? 괴팍한 주군왕 밑에서 고생 깨나 하는 것 같던데."

"날 배신하고 이 구렁텅이로 밀어 넣은 것이 바로 이 비장 그놈이다. 그래서 흑갑신병을 찾으려는 것이지. 이 비장도, 박 한찬도, 주군왕도, 대각간도 전부 죽여 버릴 것이다!"

"그래, 흑갑신병. 김 대사, 난 최선을 다해서 임무를 완수했는데……. 나를 풀어 주는 게 어떻겠나."

"풀어 주지."

김 대사는 철불가를 보며 후덕한 미소를 짓고는 병사들에게 명했다.

"이놈에게 마지막 식사를 하게 하여라."

김 대사가 명하자 병사들이 덮개를 씌운 접시를 가져왔다. 덮개를 열자 뽀얀 두부가 들어 있었다.

"하하, 김 대사, 설마 내가 생각하는 그건 아니겠지? 풀어 준다고 했잖아? 어?"

철불가가 불길한 눈으로 빠르게 말을 뱉었다.

"산 채로 풀어 준다고는 안 했잖아?"

김 대사는 철불가가 당황한 꼴이 재미있다는 듯이 웃었다.

병사들이 철불가의 사지를 붙잡고 입을 크게 벌렸다. 두부를 철불가의 입에 억지로 욱여넣었다.

병사들은 철불가의 입을 억지로 닫아 삼키게 한 뒤, 흑갑신병이 든 유리병을 가져와 뚜껑을 열었다.

유리병 속에 웅크리고 있던 흑갑신병이 더듬이를 움직이더니 두부 냄새를 따라 유리병 입구로 나왔다.

"안 돼!"

흑갑신병이 부웅 날아서 철불가의 입에 내려앉았다. 틈을 찾으려는 듯 입술 주변을 뿔뿔 기어다니는 다리의 촉감이 느껴졌다. 철불가가 이를 악물고 입을 벌리지 않자 흑갑신병이 이번엔 콧구멍을 향해 기어가기 시작했다.

"으읍!"

철불가는 흑갑신병을 떨어뜨리려고 고개를 세차게 흔들었다. 그럴수록 흑갑신병이 철불가의 콧수염에 더 악착같이 매달렸다.

"하하하. 그놈의 콧구멍으로 기어 들어가 오장육부를 파먹고 갈기갈기 찢어발겨라! 살아서 느낄 수 있는 최대한의 고통을 맛보게 해!"

이윽고 흑갑신병이 철불가의 콧수염 위를 잔디밭처럼 사뿐사뿐 기어가 동굴 같은 콧구멍에 도착했다.

철불가는 콧김을 세게 내뿜어 흑갑신병을 날려 버리려고 했다. 마침내 흑갑신병이 콧구멍에 발을 디디자 철불가가 단말마처럼 외쳤다.

"장인!"

그 말에 김 대사의 볼살이 미세하게 떨렸다. 철불가가 속사포처럼 말을 이었다.

"흑갑신병을 부리는 법은 소소생과 고래눈도 알고 있어! 그들이 흑갑신병을 막으면 대사는 아무것도 못 할걸?"

"이놈이 죽기 전에 저주를 하려는 거냐? 한 마리로는 부족하겠다. 흑갑신병을 더 가져와라."

김 대사가 명하자 병사들이 급하게 움직였다.

"말은 끝까지 들어야지! 흑갑신병으론 부족하지만 여기에 장인을 더하면? 천하무적의 군대가 생긴다고!"

김 대사가 손을 들어 병사들을 제지했다.

"멈춰라."

그러자 병사 하나가 두부가 담긴 접시를 가져왔다. 철불가의 콧속으로 들어가려던 흑갑신병이 두부 냄새를 맡고 다시 돌아왔다. 두부에 흑갑신병이 내려앉자 병사가 재빨리 덮개로 흑갑신병과 두부를 한꺼번에 덮었다.

"하아……. 김 대사, 나 정말 식겁했다니까."

죽다 살아난 철불가가 가슴을 쓸어내렸다.

"방금 한 말을 소상히 풀어 보거라."

"당포에 돌림병이 퍼졌을 때 소소생은 흑갑신병을 부리는 법과 백갑신병으로 막는 법까지 알아냈지. 그러니 대사가 흑갑신병 부대를 만들어도 소소생이 방해할 거라고. 하지만 흑갑신병에 다른 괴물을 더한다면?"

"그 괴물이 장인이다 이 말이냐?"

"흑갑신병은 사람의 몸에 들어가면 숙주를 괴롭히다가 죽게 만들지. 하지만 장인은 칠 척, 팔 척이나 되니 흑갑신병이 들어가도 바로 죽지 않을 거야. 장인을 괴롭혀서 조종한다면, 최종 병기가 탄생하는 거지!"

철불가는 위기를 모면하려고 아무 말이나 지어냈다. 하지만 김 대사가 생각하기에 꽤 그럴 듯한 방법이었다.

'가장 작은 괴물과 가장 큰 괴물을 합쳐서 최종 병기를 만든다?'

김 대사는 생각만으로 몸이 뜨거워지는 것 같았다.

"지금 당장 장인국으로 출발한다."

9

고래눈과 소소생은 김 대사의 배를 벗어나 사포의 인적이 드문 골목에서 범이와 만났다. 고래눈이 전갈을 보내 범이에게 소식을 알린 것이다. 범이는 삿갓으로 얼굴을 가리고 있었다.

범이가 걱정스레 말했다.

"고래눈 형제, 다친 곳은 없으십니까."

"해적에게 상처가 없으면 은퇴해야지."

고래눈이 대수롭지 않게 말했다.

"나도 걱정해 줘서 참 고맙다."

소소생이 범이의 태도에 심술이 나서 끼어들었다.

"아무렴 천하의 삼면총해적주이신데 감히 나 따위가 걱정할 필요 있겠나?"

범이가 비아냥거리며 모포를 건넸다. 소소생은 범이를 흘겨보며 모포를 받아 둘렀다.

세 사람은 항구에서 시장으로 걸어갔다.

"알아보라고 한 것은 어찌 되었느냐."

고래눈이 범이에게 물었다.

"김 대사의 전함이 어디로 향하는지 추적하고 있습니다."

"철불가는 살기 위해선 무슨 짓이라도 하는 자다. 김 대사에게 무슨 말을 했을지 몰라. 흑갑신병의 알을 가진 김 대사와 비열한 철불가가 한배를 탔으니, 앞날이 어찌될지 모르겠구나."

고래눈이 한숨을 쉬었다.

소소생은 제 한 몸 살리느라 바빠 거기까지는 생각이 미치지 못했다. 위급한 와중에도 앞일을 걱정하는 고래눈을 다시금 우러러볼 수밖에 없었다. 철불가는 숨만 쉬어도 불길한 일을 끌어 들였고, 김 대사는 숨 쉬듯 탐욕을 부리는 인물이었다. 이 둘의 조합은 확실히 최악이었다.

"소소생, 무슨 일이 벌어질지 모르니 너는 안전한 곳에 피신해 있거라."

고래눈이 말했다.

"나흘 후 배가 뜰 것이라고 합니다. 그 배에 소소생이 탈 수 있게 일러두었습니다."

범이가 말했다. 사포에서 고래눈과 범이의 도움을 안 받은 뱃사람은 없었다. 뱃사람들은 고래눈의 이름으로 부탁을 하면 뭐가 됐든 두말없이 들어주었다.

"고래눈, 몸조심하세요."

소소생은 애틋하게 말했다.

그러고는 범이를 흘겨보며 덧붙였다.

"범이 넌 알아서 하고."

고래눈이 웃으며 고개를 끄덕였다.

"우리는 김 대사의 전함을 쫓는다."

"예!"

고래눈과 범이는 소소생을 남겨 두고 시장으로 달려갔다.

소소생은 불길한 눈으로 바다를 바라보았다.

'아무 일도 없으면 좋겠는데.'

"철불가, 철불가! 일어나시오."

어디선가 애타게 찾는 목소리가 들려와 철불가가 눈을 떴다. 어쩐지 뒤통수가 얼얼했다.

병사들이 철창에 갇힌 철불가를 수레에 싣고 이동하고 있었다. 행렬의 가장 앞에 철불가와 고이랑이 섰고 가운데에 김 대사가 탄 마차가 있었다.

"정신이 드시오?"

철불가를 깨운 이는 고이랑이었다.

철불가가 몸을 일으켰다. 악몽을 꾼 것처럼 몸과 마음이 찌뿌둥하였다. 의식이 흐릿해 게슴츠레 뜬 눈에 주변 풍경이 비쳤다.

뿔처럼 솟은 두 개의 섬. 그 사이를 가로지르는 바다. 어디서 본 듯한데…….

"설마…… 장인국?"

철불가의 눈이 번쩍 뜨였다.

"그렇소. 철불가 당신이 말한 대로 장인을 잡으려고 놈들이 지내는 둥우리로 가고 있소."

고이랑이 말했다.

"내가 말한 대로?"

"기억 안 나시오?"

철불가는 악몽이 되살아나는 것처럼 머리가 지끈거렸다. 지독한 두통 속에 기억 하나가 불쑥 떠올랐다.

김 대사가 철불가 앞에 상자 하나를 들이밀었다. 꾸물거리는 듯한 기분 나쁜 보라색 털 뭉치가 들어 있었다.

"이게 뭐요?"

철불가가 꺼림칙한 얼굴로 물었다.

김 대사가 그것을 꺼내서 펼쳐 보이자 철불가가 쓰던 것과 비슷한 가짜 수염이었다. 길이는 한 뼘 정도인데, 터럭끼리 꼬여 있는 것이 언뜻 보기에도 깨끗해 보이지는 않았다.

"자염이라고 하는 거다. 이것을 저놈 턱에 붙여라."

김 대사는 고이랑에게 말했다.

"아니, 김 대사. 내 외모가 아무리 질투 나도 이건 좀……!"

철불가가 이런저런 핑계를 대며 빠져나가려 했으나 병사들이 철불가를 양쪽에서 붙잡았다. 병사 하나가 철불가의 턱수염 위에 자염을 척 갖다 댔다. 보라색 터럭이 가닥가닥 뻗어 나와 철불가의 턱수염에 저절로 들러붙었다.

"으악. 불쾌해!"

털 뭉치가 얼굴 위를 기어다니는 감각에 소름이 쫙 돋았다.

"이제 말해 보거라. 흑갑신병으로 장인을 조종하는 방법을."

철불가는 이렇게 말하려고 했다.

"하, 내가 미쳤나? 그걸 지금 알려 줬다가 어떻게 될 줄 알고?"

하지만 엉뚱하게도 이런 말이 튀어나왔다.

"두즙과 망 투구를 준비하시오. 망 투구는 좁쌀만 한 흑갑신병이 들어가지 못할 만큼 촘촘한 망으로 투구를 감싸서 만드시오."

심지어 철불가의 경박한 목소리와 달리 꾀꼬리처럼 고운 목소리가 흘러나왔다. 곱긴 고운데 힘이 없고 떨리는 것이 늙은 꾀꼬리가 말을 하면 이런 소리가 날까 싶었다.

철불가는 이렇게 소리치고 싶었다.

"아니, 이게 무슨 소리야. 이건 내가 하는 말이 아니야!"

그러나 이번에도 입에서 전혀 다른 말이 쏟아졌다.

"흑갑신병은 콩을 좋아하니 콩을 간 두즙을 장인에게 뿌려 유인하면 될 거요."

"하하하. 이 정도면 됐다. 자염을 떼어 내거라."

김 대사는 흡족하게 웃었다. 고이랑은 철불가의 턱수염을 뜯어 버릴 듯이 잡아당겼다. 그러자 자염이 뚝 떨어졌다.

"어떠냐, 철불가? 한평생 남을 농락해 온 네놈의 혀로 네 자신이 농락당하는 기분이?"

"이 괴상한 수염은 뭐야?"

수염이 떨어져 나가고 나서야 철불가는 자신의 생각대로 말할 수 있었다.

"자염장부라는 귀신에게서 잘라 온 수염이다. 사람의 마음을 꿰뚫어 보고, 비밀을 말해 주는 귀신이지. 이 수염을 붙이면 그자는 의지와 상관없이 비밀을 말하게 된다더군. 하하하. 효과는 확실히 보았으니 아껴 뒀다가 또 써야겠구나."

김 대사는 둥근 배를 위아래로 들썩이며 웃었다.

"김 대사! 방금 내가 한 말을 그대로 믿는 건 아니지? 또 내 농간에 놀아난 거라고?"

철불가는 급히 자신의 말을 수습하려고 했지만 이미 엎질러진 물이었다.

"시끄러우니 저놈은 이제 재워라."

고이랑이 망설임 없이 철불가의 뒤통수를 후려쳤다.

그리고 눈을 뜬 것이 지금이었다.

"그게 꿈이 아니었다고?"

철불가는 화들짝 놀랐다. 평소처럼 살살 말을 돌리다가 기회를 봐서 빠져나갈 작정이었는데…….

"고이랑, 날 풀어 주게. 나는 이제 필요 없잖아. 어?"

"대사께서 자네를 철저히 감시하라 하셨소."

그러는 사이 김 대사의 행렬이 장인의 둥우리에 도착했다. 하필 그들이 도착했을 때가 장인들의 식사 시간인 모양이었다.

긴 손톱에 꼬챙이처럼 꿴 고기를 먹는 장인, 어디서 잡아왔는지 사람을 질겅질겅 씹어 먹는 장인, 동물을 산 채로 입에 쑤셔 넣는 장인까지. 모든 장인이 모여 만찬을 즐기고 있는 듯했다.

"실례가 많습니다. 잘못 찾아왔네요. 저녁 맛있게 드세요."

철불가는 장인들에게 웃으며 인사했다.

"고이랑, 후퇴! 후퇴!"

철불가가 철창 사이로 고이랑의 어깨를 퍽퍽 쳤다.

"임전무퇴. 화랑은 전쟁에서 물러서지 않소."

고이랑이 또 꽉 막힌 소리를 했다.

"그럼 이거라도 좀 열어 주게. 제발! 난 화랑도 아니잖나!"

철불가가 철창을 흔들었지만 고이랑은 듣지 않았다.

김 대사가 병사들에게 명했다.

"그것을 가져와라."

병사들이 커다란 항아리 몇 개를 가져왔다. 김 대사는 철망을 두른 옷과 투구를 썼다.

고이랑과 다른 병사들도 망으로 만든 투구를 썼다. 고이랑이 철창 틈으로 철불가에게 투구를 건넸다.

"네놈도 쓰거라."

투구는 양봉업자들이 쓰는 모자처럼 촘촘한 검은 망으로 얼굴과 목을 가리는 형태였다. 철불가는 어쩔 수 없이 투구를 쓰고 병사들을 지켜보았다.

항아리를 옮겨 온 병사들이 뚜껑을 열고 안에 담긴 두즙을 장인들에게 뿌렸다. 장인들은 한창 신나게 식사를 하는 중에 허여멀건 두즙이 튀자 처음에는 무슨 일인지 어리둥절하는 듯하더니 갑자기 소리를 질렀다. 난폭하게 주변에 있는 아무 물건이나 잡고 일어서는 것이 머리끝까지 화가 난 듯했다.

이번엔 뒷줄에 있던 병사들이 자루를 가져와 입구를 열었다. 자루에서 시커먼 벌레 떼가 쏟아져 나왔다. 흑갑신병이었다.

흑갑신병들은 더듬이를 꿈틀대며 콩 냄새를 쫓아 날아갔다. 흑갑신병이 날아오자 장인들은 귀찮은지 손을 휘휘 저었다. 몇 마리가 커다란 손에 얻어맞아 후드득 날파리처럼 떨어졌다.

"소용이 없는 건가."

고이랑이 중얼거렸다.

하지만 이윽고 장인 하나가 몸부림치며 바닥을 굴렀다. 장인이 아무리 손과 발, 무기를 휘둘러도 사방에서 몰려드는 좁쌀만 한 흑갑신병을 모두 막을 수는 없었다. 장인의 손을 피해 콧구멍으로 들어간 흑갑신병이 장인의 몸속을 갉아 먹으며 괴롭혔다.

다른 장인들도 마찬가지였다. 미처 쳐 내지 못한 흑갑신병들이 순식간에 몸속으로 파고들었다. 장인들은 손톱으로 귀를 후비느라 피를 철철 흘리는가 하면, 머리를 바닥에 쿵쿵 찧기도 했다.

"하하하. 역시 흑갑신병이야!"

장인들이 괴로움에 바닥을 뒹굴며 웅덩이에 고인 물을 손으로 철썩철썩 때렸다.

"아, 안 되는데……"

그 모습을 본 철불가의 얼굴이 백지장처럼 허옇게 질렸다.

"고이랑, 당장 저걸 못 하게 하시오, 당장!"

철불가가 철창 너머로 고이랑에게 손을 휘둘렀다.

"그대의 말대로 되고 있는데, 무엇 때문에 그러는 것이오?"

고이랑이 영문을 몰라 물었다.

철불가가 미처 대답하기도 전에 쿵 쿵 땅이 크게 울리기 시작했다. 울림이 점점 가까워지더니 곧 거대한 그림자가 병사들 위로 드리워졌다.

"왔다……. 결국 오고야 말았어."

철불가가 눈을 질끈 감았다. 고이랑이 그림자가 드리운 쪽으로 고개를 돌리자 오십 척은 넘어 보이는 우두머리 장인과 그 옆에 스무 척은 되는 장인이 서 있었다.

"아무리 장인이라 하더라도 저렇게 크단 말인가……"

"저 커다란 놈이 우두머리일 거요. 바닷물을 철썩이는 게 우두머리 장인을 부르는 소리거든. 한데…… 저 옆에 있는 놈은 처음 보는 거 같은데?"

철불가는 눈을 가늘게 뜨고 스무 척 장인 중 하나를 쳐다봤다. 그 장인의 몸 여기저기에 불에 그슬린 듯한 자국이 보였다. 어딘지 얼굴도 익숙했다.

"설마……. 아기 장인?"

철불가가 용하게도 스무 척 장인을 알아보았다. 소소생과 덕담 공연을 했던 아기 장인이 어느새 스무 척이 넘게 자란 것이다. 스무 척 장인은 철불가를 보더니 멈칫했다. 스무 척 장인도 철불가를 알아본 것일까.

스무 척 장인은 철불가를 보고 땅이 흔들릴 정도로 소리를 질렀다. 철불가의 얼굴에 스무 척 장인의 입에서 쏟아진 침이 끈적하게 들러붙었다.

"녀석, 여전히 입냄새가 고약하구나. 내가 그렇게 이를 잘 닦아야 한다고 했는데."

철불가는 애써 껄껄 웃었다. 스무 척 장인은 철불가가 든 철창을 손으로 퍽 치고 지나갔다.

"퍽!"

철불가는 철창째로 날아가 장인 둥지 구석에 거꾸로 처박혔.

우두머리 장인도 귀가 찢어질 만큼 큰 소리를 지르며 병사들을 짓밟았다. 장인의 크기에 놀랐던 고이랑이 반사적으로 달려가 난승 검법으로 우두머리 장인을 상대했다.

고이랑은 장인의 주먹질과 발길질을 피하고, 손톱은 칼로 흘려내며 병사들이 피할 시간을 벌었다. 병사들의 입에서 멍하니 감탄만 흘러나왔다.

"무엇 하느냐! 저놈에게도 두즙을 뿌려라!"

김 대사의 신경질적인 목소리가 병사들의 감상을 깨트렸다. 병사들은 준비한 대로 두즙을 담은 가죽 주머니를 화살에 달아 쏘았다. 우두머리 장인과 스무 척이 된 아기 장인에게 화살이 박히자 흑갑신병들이 두즙 냄새를 맡고 날아갔다.

흑갑신병들은 우두머리 장인과 스무 척 장인의 눈, 코, 입으로 기어들어 갔다. 아무리 크기가 커도 흑갑신병이 몸속에서 날뛰자 괴로워 몸부림칠 수밖에 없었다. 맞서던 고이랑을 앞에 두고 아무

것도 하지 못할 정도였다. 그 틈에 고이랑은 멀찍이 떨어져 장인들을 지켜봤다.

그들은 제자리에서 빙글빙글 돌다가 끝내 쓰러지고 말았다. 김대사는 엎어진 장인들을 보며 만족스러운 웃음을 흘렸다. 장인을 훑는 시선이 탐욕으로 번들거렸다.

"세상에서 가장 큰 괴물이 결국 가장 작은 괴물에게 무너지는구먼……."

철불가의 허탈한 중얼거림이 쓰러진 장인들 위로 흩어졌다.

나흘 뒤. 동해가 보이는 어느 망루에서 병사 하나가 꾸벅꾸벅 졸고 있었다. 그가 선잠에 빠져 있을 때 쿵 쿵 망루를 타고 진동이 느껴졌다. 진동이 점차 강해지자 병사는 놀라 허우적대며 잠에서 깼다. 잠에서 덜 깬 병사의 흐리멍덩한 얼굴이 바다를 향했다.

저 멀리 섬이 움직이고 있었다.

두 눈을 비비고 다시 봐도, 섬이 점점 가까워지고 있었다.

그것도 여러 개의 섬이…….

대각간에게 기별이 날아들었다. 그가 휘갈겨 쓴 글씨를 읽어 나가는 동안 신하가 일렀다.

"동해 수군이 올린 기별입니다. 장인들이 바다를 건너오고 있다고 합니다. 하나도 아니고 떼를 지어서 나타났다고……."

대각간은 쪽지를 힘껏 구겼다. 대각간의 눈에 노여움이 서렸다.

신하는 겁에 질려 저도 모르게 뒷걸음을 쳤다. 그는 대각간이 무어라 말해 주기만을 기다렸다. 이 정적이 그의 숨통을 조이는 것 같았다.

마침내 대각간이 입을 열었다.

"전쟁이다."

신하가 놀라 고개를 치켜들었다.

"……예?"

"전쟁이 시작되었으니 각 군의 정예 병력을 모아 서라벌 성벽과 요새에 진을 치게 하라. 장인이 서라벌로 오는 것을 무슨 짓을 해서라도 막아야 한다."

범이의 말대로 나흘 뒤 소소생은 모포로 얼굴을 가리고 항구로 달려갔다.

장 낭자가 백룡이 되어 나타났단 소문이 다시 돌면서 한동안 배가 뜨지 않았다. 그동안 배를 타지 못했던 이들까지 몰려 항구는 몹시 붐볐다. 커다란 상선 앞에서 삯을 받고 있던 뱃사람이 소소생을 알아보고 고갯짓을 하였다. 소소생은 그에게 목례를 하고 배에 오르는 줄에 섰다.

"멈춰라."

그때 수군들이 달려와 배를 타려는 이들을 수색하기 시작했다. 여기저기서 웅성거림과 불평이 터져 나왔다. 소소생은 고개를 푹 숙이고 모포를 잡아당겼다.

'설마 나를 잡으러 온 건가?'

소소생의 가슴이 두방망이질했다. 모포로 눈만 보이게 얼굴을 가리고 서둘러 배에 오르려고 하는데, 수군 한 명이 소소생의 팔을 잡았다.

"거기, 너."

소소생은 하얗게 질린 얼굴로 수군을 돌아봤다.

'헉. 이대로 또 감옥에 갇히면……'

하지만 돌아오는 수군의 말은 엉뚱했다.

"징집령이 내려졌다."

"예? 뭐라고요? 징집?"

소소생은 어리둥절한 얼굴로 물었다. 수군이 말했다.

"전쟁이다! 나라가 위기에 빠졌으니 무기를 들 수 있는 자는 모두 전쟁터로 향한다. 당장 배에서 내려!"

"아니 갑자기 무슨 전쟁이란 말입니까?"

청천벽력 같은 소식에 소소생이 물었다.

"대역죄인 김 대사가 장인을 앞세워 신라로 쳐들어오고 있으니 목숨을 바쳐 싸워라."

수군 병사들이 소소생을 양쪽에서 붙잡아 배 아래로 끌어내렸다. 내동댕이쳐진 소소생은 중심을 잃고 바닥을 굴렀다.

"장인과 전쟁이라고……?"

소소생은 바다를 보았다. 푸르른 수평선 너머에서 먹구름이 몰려오고 있었다. 바닷바람에 피비린내가 실려 오는 것 같았다.

신라 대 장인. 그 전쟁의 서막이 오른 것이다.

곽재식의 괴물도감

해당 도감의 그림과 설명은 문헌 기록을 참고하였으며,
괴물 수집가로 널리 알려진 곽재식 작가의 상상력과
감수를 토대로 재해석하였음을 밝힙니다.

차귀

많은 뱀들이 모여 머리와 꼬리가 어지럽게 엉켜 있는 형상의 괴물이다. 보통 때는 건물 틈에 몸을 숨기고 있지만 때때로 지붕 사이나 벽의 틈에서 나타나 난폭한 일을 일으킨다. 종종 신령으로 받들어 모셔질 때는 신도들이 지어 준 사당에서 지낸다. 주기적으로 바치는 제사가 불만족스러우면 모습을 드러내 제사를 지내는 사람들을 잡아먹기도 한다.

남어

거대한 괴물 오징어다. 오래전부터 오징어는 자기 몸을 숨기기 위해 먹물을 뿌리고, 이 먹물을 본 까마귀가 오징어를 사냥한다는 이야기가 전해지는데, 오히려 이를 이용해 먹물을 뿌리고 가까이 온 까마귀를 다리로 휘감아 사냥하는 괴물이다. 남어를 잡았다는 한 허풍쟁이 뱃사람이 전하길 남어의 다리를 구우면 특별한 풍미가 느껴진다고 한다.

도깨비불

마을에서 멀리 떨어진 숲속이나 산등성이에서 나타나는 불꽃 형상의 괴물이다. 많은 수가 줄지어 돌아다닌다. 몰래 가까이 다가가 보면 서로 멀리서 부르는 듯 떠들썩한 노랫소리 같은 것이 들린다. 기본적으로 겁이 많지만 호기심 많은 아이 같은 모습을 보여 종종 사람 주변으로 모여들기도 한다. 친밀해지면 가까이 가도 불꽃이 뜨겁게 느껴지지 않는다고 한다.

자엽장부

보라색 수염이 난 남자라는 뜻으로, 목소리가 꾀꼬리처럼 맑지만 이상하게 어딘지 나이 든 느낌이 든다. 사람의 비밀을 알아채거나 마음을 꿰뚫어 보기도 하고, 장래의 일이나 불길한 징조를 말해 줘 사람을 돕곤 한다. 이 괴물의 보라색 수염을 떼서 사람에게 붙이면 묻는 말에 진실만을 답한다. 반대로, 사람의 머리카락을 몰래 붙잡아 자기 수염에 보탠다는 이야기가 종종 전해진다.

크리처스 9: 신라괴물해적전
괴물 대결전 편 上

1판 1쇄 인쇄 2025년 12월 2일
1판 1쇄 발행 2025년 12월 11일

글 곽재식, 정은경
그림 안병현
펴낸이 김영곤
펴낸곳 (주)북이십일 아르테

프로젝트4팀장 김미희
기획개발 신세빈
디자인 임민지 박지영
영업팀 정지은 한충희 남정한 장철용 강경남 황성진 김도연 이민재
제작팀 이영민 권경민

출판등록 2000년 5월 6일 제406-2003-061호
주소 (우 10881) 경기도 파주시 회동길 201(문발동)
대표전화 031-955-2100 **팩스** 031-955-2151
홈페이지 www.book21.com

ⓒ 곽재식·정은경·안병현 2024
이 책을 무단 복사·복제·전재하는 것은 저작권법에 저촉됩니다.

ISBN 978-89-509-2691-5 (44810)
      978-89-509-0969-7 (세트)

• 책값은 뒤표지에 있습니다.
• 이 책 내용의 일부 또는 전부를 재사용하려면 반드시 (주)북이십일의 동의를 얻어야 합니다.
• 잘못 만들어진 책은 구입하신 서점에서 교환해 드립니다.